A

Agatha Christie®

Agatha Christie

Das Geheimnis von Greenshore Garden

Ein Fall für Hercule Poirot

Aus dem Englischen
von Eike Schönfeld

Atlantik

Die Originalausgabe erschien erstmals 2014
unter dem Titel *Hercule Poirot and the Greenshore Folly*
bei HarperCollins, London.

Atlantik Bücher erscheinen im
Hoffmann und Campe Verlag, Hamburg.

2. Auflage 2015
Hercule Poirot and the Greenshore Folly

www.hoca.de www.atlantik-verlag.de
Einbandgestaltung: STUDIO TIPI
Satz: Farnschläder & Mahlstedt, Hamburg
Gesetzt aus der Trump Mediäval LT Std
Druck und Bindung: CPI books GmbH, Leck
Printed in Germany
ISBN 978-3-455-60026-1

HOFFMANN
UND CAMPE

Ein Unternehmen der
GANSKE VERLAGSGRUPPE

Inhalt

Vorwort
von Mathew Prichard

Für Agatha Christie sehr ungewöhnlich, wurde *Wiedersehen mit Mrs Oliver* – das Buch, das sich aus dieser Novelle entwickelte – um einen realen Schauplatz herum geschrieben, in diesem Fall Greenway House am Fluss Dart in South Devon. In Greenway verbrachte Nima (wie ich meine Großmutter nannte) die Sommerferien etwa von 1938 an, als sie es kaufte, bis zu ihrem Tod 1976. Fünfzehn Jahre ist es nun her, seit Greenway vom National Trust erworben und daraufhin auch der Öffentlichkeit zugänglich gemacht worden ist.

2013 entstand mit dem Film *Wiedersehen mit Mrs Oliver,* in dem David Suchet die Hauptrolle spielt, der letzte Teil der Serie *Agatha Christie's Poirot* des britischen Fernsehsenders ITV, einer Serie, die 1989 mit *Köchin gesucht* begonnen hatte und nun ihren krönenden Abschluss in Greenway selbst fand. Weder Nima noch meine da schon verstorbene Mutter Rosalind, die an der Planung der Fernsehserie anfangs wesentlichen Anteil hatte, hätten sich etwas Besseres wünschen können. Es schien, als wäre Hercule Poirot heimgekehrt.

Wie der Zufall es wollte, waren wir mit einem wunderbaren Sommer gesegnet, und der letzte Drehtag vor dem Haus – eine Szene, die als solche nur geringe dramatische Bedeutung hatte – war gleichwohl ergreifend, da sie David Suchet zeigte, wie er in vollem Poirot-Ornat auf seine unnachahmliche Weise die Stufen zur Haustür von Greenway hinaufschritt und an die Tür klopfte. Nach drei Wiederholungen desselben Takes hörten wir schließlich die ehrwürdigen Worte »im Kasten«, und dann blieb im ganzen Haus kein Auge trocken, oder vielmehr auf dem Rasen, wo sich eine große Menge versammelt hatte, um das Ende einer der beliebtesten Fernsehserien der Welt und der Darstellung einer unserer beliebtesten literarischen Gestalten zu feiern, Hercule Poirot, verkörpert von einem unserer beliebtesten Charakterdarsteller: David Suchet. Wenn jemand Nima (die David Suchet leider nie kennengelernt hat) erzählt hätte, dass eine Serie dieser Größenordnung und Popularität über 25 Jahre hinweg gedreht würde, sie hätte es bestimmt nicht geglaubt.

Meine besondere Vorliebe für *Wiedersehen mit Mrs Oliver* reicht jedoch bis weit vor die Entstehung der Fernsehserie zurück. Das Buch erschien 1956, als ich dreizehn war, Nimas Bücher zu lesen begann und als Schuljunge die Sommerferien mit meiner Familie in Greenway verbrachte, natürlich auch mit Nima. Ich erinnere mich nicht an ein Fest auf dem Rasen, aber durchaus an kleinere Feiern, da in Greenway eine immer größer werdende Zahl an

Freunden aus der Welt der Literatur und des Theaters zu Besuch war (es war die Blütezeit von Nimas Karriere als West-End-Bühnenautorin), dazu noch jede Menge Freunde meines Stiefgroßvaters Max Mallowan aus der Welt der Archäologie. Nima zeichnete ihre Figuren nie exakt nach realen Personen, aber ich würde lügen, wenn ich nicht zugäbe, dass sie bei Sir George und Lady Stubbs und insbesondere bei Mrs Folliat kleine Anleihen bei Bekannten gemacht hat. Ebenso wenig überraschte es mich, dass in *Wiedersehen mit Mrs Oliver* Anhalter vorkamen. Wir begegneten immer wieder Anhaltern von der nahe gelegenen Jugendherberge Maypool.

Aber *Wiedersehen mit Mrs Oliver* weckt auch zwei Erinnerungen aus meiner Kindheit, die mich besonders berühren: die eine an eine Person, die andere an einen Ort. Die Person ist Ariadne Oliver, die zwar um einiges stürmischer war, als Nima es je gewesen wäre, aber etwas von ihrem Enthusiasmus hatte, ihrer Liebe für Äpfel und die einer Schriftstellerin eigene Neugier, die mich sehr an Nima selbst erinnert. Ariadne Oliver erschien in sieben Romanen, sechs davon mit Poirot, und Zoë Wanamaker spielt sie in dem Film ganz hervorragend. Der Ort ist das Bootshaus von Greenway, wo das arme Opfer ermordet aufgefunden wird. Nima und ich spazierten nachmittags häufig hinunter, sahen den Ausflugsschiffen nach (der *Kiloran,* der *Pride of Paignton,* der *Brixham Belle* und den wunderbaren Raddampfern, wovon einer zu meiner Freude noch immer fahrtüchtig ist). Die Reiseleiter auf diesen Schiffen erwähnten Greenway immer – meist fälschlich als Agatha Christies Wohnsitz (statt streng genommen ihr Ferienhaus) –, und obwohl wir die Stimmen vom Schiff hörten, wenn es vorbeifuhr, kann ich mich nicht daran erinnern, dass man sie von dort jemals erkannte, wenn sie ganz unauffällig mit ihrem Enkel im Bootshaus saß!

Als ich das Buch kürzlich wieder las, meinte ich mich zu erinnern, dass ich es als Teenager gleich bei Erscheinen gelesen und damals vielleicht zum ersten Mal etwas davon mitbekommen habe, in welcher Form reale Personen und Orte in einem Kriminalroman integriert sind, weil ich mit denen in dem mir vorliegenden Buch vertraut war. Diese Authentizität ist natürlich einer der Gründe, warum Nimas Bücher noch heute so realistisch und überzeugend wirken. Früher waren die Bücher, die sich um Archäologie und den Nahen Osten drehten, für mich reine Fiktion, obwohl Nima genau dieselben Techniken wie in *Wiedersehen mit Mrs Oliver* benutzte, indem sie sich bei den Besonderheiten realer Personen und Orte bediente und eine fiktionale Dimension hinzufügte. Ich hoffe, dass ich eines Tages noch Nimrud, die ägyptischen Pyramiden oder andere Orte besuchen kann, die meine Großmutter inspirierten, damit ich sie so sehen kann wie sie damals. Unlängst war ich an einem besonderen Ort der Inspiration auf Teneriffa, dem Schauplatz einer Harley-Quin-Erzählung namens

»Der Mann im Meer« aus der Sammlung *Der seltsame Mister Quin* – es ist eine brillante Kurzgeschichte, die für mich noch besser wurde, nachdem ich dort gewesen war.

Wie Sie vermutlich wissen, übergab meine Familie Greenway 1999 dem National Trust, sodass es nun fast das ganze Jahr über der Öffentlichkeit zugänglich ist. Jetzt kann jeder das Bootshaus besuchen, wo der Mord geschah, oder sich dort, wo Hattie Stubbs saß, in einem Sessel ausruhen und die Anhalter höflich grüßen, die jetzt das Grundstück betreten dürfen. Vielleicht sehen Sie dann auch, dass der dortige Laden des National Trust über die beste Sammlung von Agatha Christies Büchern in ganz Westengland verfügt. Auch wenn *Wiedersehen mit Mrs Oliver* insofern ungewöhnlich ist, als es so eng mit einem realen Ort verbunden ist, gibt es auch in anderen Büchern von Agatha Christie Anklänge an Greenway. Wenn Sie mögen, sollten Sie in jedem Fall auch *Das unvollendete Bildnis* lesen, wo im Wallgarten von Greenway ein Mord geschieht!

Ein Wort, das ich zur Beschreibung von Agatha Christies Büchern und Filmen häufig gebraucht habe, ist »einladend«, und ich finde wirklich, dass Robyn Brown und Gary Calland, die beiden Geschäftsführer des Trusts seit 1999, und alle Angestellten sich selbst darin übertroffen haben, Greenway so einladend zu gestalten, wie Nima es tat, als ich noch klein war. Ich hoffe, dass Sie, wenn Sie das Buch gelesen und vielleicht auch den Film mit David Suchet gesehen haben, den Originalschauplatz besuchen können. Dort erwartet Sie ein besonderes Erlebnis!

Mathew Prichard
Monmouth
Januar 2014

Das Geheimnis von Greenshore Garden

I

Es war Miss Lemon, Poirots tüchtige Sekretärin, die das Gespräch annahm. Sie legte ihren Stenoblock beiseite, nahm den Hörer ab und sagte tonlos: »Trafalgar 8137.«

Hercule Poirot lehnte sich auf seinem Stuhl zurück und schloss die Augen. Seine Finger trommelten auf der Tischkante einen meditativen, sanften Rhythmus. Im Kopf fuhr er mit der Formulierung des geschliffenen Satzgefüges in dem Brief fort, den er gerade diktiert hatte.

Miss Lemon legte die Hand über die Sprechmuschel und fragte mit leiser Stimme: »Wollen Sie einen privaten Anruf aus Lapton in Devon annehmen?«

Poirot runzelte die Stirn. Der Ort sagte ihm nichts.

»Der Name des Anrufers?«, fragte er vorsichtig.

Miss Lemon sprach in die Muschel.

»*Arie …?*«, fragte sie zweifelnd. »Oh, ja – wie war noch der Nachname?«

Erneut wandte sie sich Hercule Poirot zu.

»Mrs Ariadne Oliver.«

Hercule Poirots Brauen schossen nach oben. Eine Erinnerung erwachte in seinem Kopf: windgezauste graue Haare … ein Adlerprofil …

Er erhob sich und nahm Miss Lemon den Hörer ab.

»Hier spricht Hercule Poirot«, verkündete er hochtrabend.

»Spreche ich mit Mr Hercules Porrot persönlich?«, fragte die misstrauische Stimme des Fräuleins vom Amt.

Poirot versicherte ihr, dass dem so sei.

»Ich verbinde mit Mr Porrot«, sagte die Stimme.

An die Stelle ihrer dünnen, näselnden Intonation trat ein prunkvoller, dröhnender Alt, der Poirot veranlasste, den Hörer flugs einige Zentimeter weit vom Ohr wegzuhalten.

»Mr Poirot, sind das wirklich *Sie?*«, begehrte Mrs Oliver zu wissen.

»Höchstpersönlich, Madame.«

»Hier spricht Mrs Oliver. Ich weiß nicht, ob Sie sich an mich erinnern …«

»Aber natürlich erinnere ich mich an Sie, Madame. Wer könnte Sie je vergessen?«

»Nun, zuweilen geschieht es«, sagte Mrs Oliver. »Sogar recht häufig. Ich glaube nicht, dass ich eine sehr ausgeprägte Persönlichkeit besitze. Vielleicht liegt es aber auch daran, dass ich immer irgendetwas mit meinen Haaren anstelle. Aber das ist jetzt ohne Belang. Ich hoffe doch, ich unterbreche Sie nicht bei etwas furchtbar Wichtigem?«

»Nein, nein, Sie derangieren mich nicht im Geringsten.«

»Meine Güte – ich will Ihnen auf gar keinen Fall den Verstand rauben. Es ist nämlich so, ich *brauche* Sie.«

»Sie brauchen mich?«

»Ja, sofort. Können Sie ein Flugzeug nehmen?«

»Ich nehme nie ein Flugzeug. Davon wird mir schlecht.«

»Mir auch. Ach, es wäre wohl auch nicht schneller als mit dem Zug, denn der einzige Flugplatz hier in der Nähe ist Exeter, und der ist meilenweit entfernt. Also nehmen Sie den Zug. Zwölf Uhr ab Paddington. Sie steigen in Lapton aus und fahren weiter nach Nassecombe. Das schaffen Sie gut. Sie haben noch eine Dreiviertelstunde, wenn meine Uhr richtig geht – was allerdings nicht oft der Fall ist.«

»Aber wo sind Sie denn, Madame? Worum handelt es sich überhaupt?«

»Greenshore House, Lapton. Am Bahnhof Lapton wird ein Wagen oder ein Taxi für Sie bereitstehen.«

»Aber warum brauchen Sie mich denn? Worum *handelt* es sich?«, wiederholte Poirot verzweifelt.

»Telefone stehen immer an so misslichen Orten«, sagte Mrs Oliver. »Das hier steht im Flur – Leute kommen vorbei und reden ... Ich kann Sie gar nicht richtig hören. Aber ich erwarte Sie. Alle werden schlichtweg begeistert sein. Auf Wiederhören.«

Es klickte scharf, als aufgelegt wurde. Die Verbindung summte leise.

Mit erheblicher Verblüffung legte Poirot, etwas vor sich hin murmelnd, den Hörer zurück auf die Gabel. Miss Lemon saß, wenig neugierig, mit erhobenem Stift da. Sie wiederholte gedämpft den letzten Satz des Diktats vor der Unterbrechung.

»… gestatten Sie mir die Versicherung, Verehrtester, dass die Hypothese, die Sie vorgebracht haben …«

Poirot wedelte die Vorbringung der Hypothese beiseite.

»Das war Mrs Oliver«, sagte er. »Ariadne Oliver, die Kriminalschriftstellerin. Vielleicht haben Sie ja schon …« Doch er brach ab, da er sich erinnerte, dass Miss Lemon lediglich nützliche Bücher las und Frivoles wie Kriminalliteratur äußerst geringschätzte. »Sie möchte, dass ich noch heute nach Devonshire fahre, sofort, in« – er schaute auf die Uhr – »fünfunddreißig Minuten.«

Miss Lemon hob missbilligend die Brauen.

»Das wird aber knapp«, sagte sie. »Aus welchem Grund?«

»Das ist eine gute Frage! Sie hat es mir nicht gesagt.«

»Wie eigenartig. Warum nicht?«

»Weil«, sagte Hercule Poirot nachdenklich, »sie fürchtete, belauscht zu werden. Doch, das hat sie deutlich klargemacht.«

»Also wirklich«, sagte Miss Lemon und warf sich für ihren Dienstherrn in die Bresche. »Was für Erwartungen die Leute haben! Als würden Sie einfach so für nichts und wieder nichts losrennen! Ein bedeutender Mann wie Sie! Mir ist schon immer aufgefallen, dass diese Künstler und Schriftsteller vollkommen aus dem Lot sind – absolut maßlos. Soll ich ein Telegramm durchtelefonieren: *Bedaure in London unabkömmlich?*«

Ihre Hand griff nach dem Telefon. Poirots Stimme ließ sie in der Bewegung erstarren.

»Du tout!«, sagte er. »Im Gegenteil. Seien Sie doch so gut und rufen Sie sofort ein Taxi.« Er hob die Stimme. »Georges! Packen Sie einige notwendige Toilettenartikel in meinen kleinen Handkoffer. Und rasch, sehr rasch, ich muss einen Zug erreichen.«

2

Der Zug schnaufte, nachdem er von seiner zweihundertzwölf Meilen langen Reise rund einhundertachtzig in Höchstgeschwindigkeit hinter sich gebracht hatte, sachte und fast schon entschuldigend die letzten dreißig dahin und fuhr schließlich in den Bahnhof von Lapton ein. Nur ein Fahrgast stieg aus, Hercule Poirot. Achtsam überwand er einen klaffenden Spalt zwischen Waggonstufe und Bahnsteig und blickte sich um. Am hinteren Ende des Zuges machte sich ein Träger in einem Gepäckabteil zu schaffen. Poirot nahm seinen Handkoffer und ging den Bahnsteig entlang zum Ausgang. Er gab seine Fahrkarte ab und schritt durch das Schalterbüro hinaus.

Draußen war eine große Humber-Limousine vorgefahren, und ein livrierter Chauffeur trat zu ihm.

»Mr Hercule Poirot?«, erkundigte er sich respektvoll.

Er nahm Poirot den Koffer ab und öffnete ihm die Wagentür. Sie fuhren vom Bahnhof ab, über die Eisenbahnbrücke und eine Landstraße entlang, die schon bald einen sehr schönen Blick auf einen Fluss freigab.

»Der Dart, Sir«, sagte der Chauffeur.

»*Magnifique!*«, sagte Poirot verbindlich.

Sie fuhren auf einer gewundenen Landstraße, die zwischen grünen Hecken ab- und aufwärts verlief. An einer Steigung mühten sich zwei Mädchen in Shorts mit hellen Tüchern um den Kopf und schweren Rucksäcken auf dem Rücken langsam bergauf.

»Unmittelbar oberhalb von hier ist eine Jugendherberge, Sir«, erklärte der Chauffeur, der sich offenkundig zu Poirots Devon-Führer berufen fühlte … »Man nennt sie ›Upper Greenshore‹. Die kommen für zwei, drei Nächte, ja, und zurzeit ist doch viel Betrieb. Vierzig oder fünfzig pro Nacht.«

»Ah ja«, sagte Poirot. Er sinnierte, und dies nicht zum ersten Mal, dass Shorts, von hinten betrachtet, nur sehr wenigen Vertreterinnen des weiblichen Geschlechts standen. Gequält schloss er die Augen.

»Sie scheinen schwer beladen zu sein«, murmelte er.

»Ja, Sir, und vom Bahnhof oder der Bushaltestelle ist es eine weite Strecke. Bestimmt an die zwei Meilen. Wenn Sie nichts dagegen haben, Sir«, er zögerte, »könnten wir sie mitnehmen.«

»Durchaus. Durchaus«, sagte Poirot mild.

Der Chauffeur bremste, bis der Wagen schnurrend neben den beiden Mädchen zum Stehen kam. Zwei erhitzte, schwitzende Gesichter hoben sich hoffnungsfroh. Die Tür ging auf, und die Mädchen stiegen ein.

»Es ist sehr freundlich, bitte«, sagte die eine höflich mit

ausländischem Akzent. »Es ist längerer Weg, als ich denke, ja.« Das andere Mädchen, das offenkundig das Englische kaum beherrschte, nickte lediglich mehrmals dankbar und murmelte lächelnd: *»Grazie.«*

Unter ihrem Kopftuch lugten kastaniendunkel schimmernde, struppige Locken hervor, und sie trug eine große, seriöse Brille.

Das englisch sprechende Mädchen redete lebhaft weiter. Sie sei für zwei Wochen auf Urlaub in England. Ihre Heimat sei Rotterdam. Sie habe schon Stratford on Avon, Clovelly, die Kathedrale von Exeter und Torquay gesehen, und »nach Besichtigung von schönem Ort hier und von historischem Dartmouth fahre ich nach Plymouth, um Neue Welt von Plymouth Hoe entdecken«.

Das italienische Mädchen murmelte »Hoe?« und schüttelte verwirrt den Kopf.

»Sie spricht nicht gut Englisch«, sagte das holländische Mädchen, »aber ich glaube, sie hat eine Verwandte in der Nähe, verheiratet mit einem Herrn, der einen Laden hat für Lebensmittel, daher wird sie auch bei ihnen bleiben. Meine Freundin, mit die ich von Rotterdam komme, hat gegessen Kalb-Schinken-Pastete, was nicht gut war, in Geschäft in Exeter und ist dort krank. Ist nicht immer gut in warme Wetter, die Kalb- und Schinkenpastete.«

Der Chauffeur bremste an einer Gabelung. Die Mädchen stiegen aus, bekundeten in zwei Sprachen ihren Dank, dann wies der Chauffeur sie mit einer Handbewegung auf die linke Straße. Auch legte er einen Augenblick seine olympische Zurückhaltung ab.

»Auch bei Cornish Pasties sollten Sie Vorsicht walten lassen«, warnte er sie. »Die tun da *alles* hinein, wirklich, ist eben Urlaubszeit.«

Der Wagen bog nach rechts ab und fuhr in einen dichten Waldgürtel.

»Ganz nette junge Frauen, manche jedenfalls, wenngleich Ausländerinnen«, sagte der Chauffeur. »Aber absolut schockierend, dass sie überall herumlaufen. Begreifen offenbar nicht, dass es Privatbesitz gibt.«

Sie setzten ihren Weg zügig fort, durch einen Wald einen steilen Hang hinunter, dann durch ein Tor und auf eine Zufahrt, die schließlich vor einem großen weißen georgianischen Haus mit Blick auf den Fluss endete.

Der Chauffeur öffnete die Wagentür, worauf sogleich ein Butler auf den Stufen erschien.

»Mr Hercule Poirot?«

»Ja.«

»Mrs Oliver erwartet Sie, Sir. Sie befindet sich im Wallgarten. Gestatten Sie, dass ich Ihnen den Weg zeige.«

Poirot wurde zu einem gewundenen Weg geleitet, der am Wald entlang verlief und immer wieder Blicke auf den Fluss bot. Der Weg ging unmerklich bergab, bis er schließlich auf eine runde Freifläche mit einer niedrigen, zinnenbewehrten Brüstung führte. Auf der Brüstung saß Mrs Oliver.

Sie erhob sich, um ihn zu begrüßen, wobei ihr etliche Äpfel vom Schoß fielen und in alle Richtungen rollten. Äpfel waren bei Begegnungen mit Mrs Oliver offenbar ein unausweichliches Leitmotiv.

»Ich begreife nicht, warum ich immer alles fallen lasse«, sagte Mrs Oliver ein wenig undeutlich, denn sie hatte den Mund voll Apfel. »Wie geht es Ihnen, Monsieur Poirot?«

»Très bien, chère Madame«, erwiderte Poirot höflich. »Und Ihnen?«

Mrs Oliver wirkte etwas verändert gegenüber dem letzten Mal, als Poirot sie gesehen hatte, und der Grund dafür lag, wie sie schon am Telefon angedeutet hatte, darin, dass sie wieder einmal mit ihrer *coiffure* experimentiert hatte. Beim letzten Mal hatte sie sich eines windgezausten Effekts bedient. Heute dagegen war ihr kräftig blau gefärbtes Haar mit einer Vielzahl ziemlich artifizieller Löckchen in einem Pseudo-Marquise-Stil aufgetürmt. Der Marquise-Effekt endete indes an ihrem Hals; was darunter war, konnte eindeutig als »praktisch-ländlich« etikettiert werden, denn es bestand aus einem grell eidottergelben groben Tweedmantel und -rock sowie einem Pullover in einem ziemlich abstoßenden Senfton.

»Ich wusste, Sie würden kommen«, sagte Mrs Oliver fröhlich.

»Das konnten Sie doch unmöglich wissen«, erwiderte Poirot streng.

»Oh doch.«

»Ich frage mich noch immer, warum ich hier bin.«

»Nun, ich kenne die Antwort: Neugier.«

Poirot sah sie an, und seine Augen blinzelten leicht.

»Ihre berühmte weibliche Intuition«, sagte er, »hat sie vielleicht ausnahmsweise einmal nicht allzu weit in die Irre geführt.«

»Lachen Sie nur nicht über meine weibliche Intuition. Habe ich den Mörder denn nicht immer gleich identifiziert?«

Poirot schwieg galant. Sonst hätte er womöglich geantwortet: »Beim fünften Versuch vielleicht, und auch dann nicht immer!«

Stattdessen sagte er, um sich blickend: »Sie haben hier ja einen wahrhaft schönen Besitz.«

»Das? Aber das gehört mir doch gar nicht, Monsieur Poirot. Das dachten Sie? O nein, er gehört Leuten namens Stubbs.«

»Wer ist das?«

»Ach, niemand weiter«, sagte Mrs Oliver vage. »Bloß reich. Nein, ich bin hier aus beruflichen Gründen, ich arbeite.«

»Ah, Sie holen sich hier Lokalkolorit für eines Ihrer *chefs-d'œuvre?*«

»Nein, nein. Wie schon gesagt. Ich arbeite. Man hat mich engagiert, um einen Mord zu arrangieren.«

Poirot starrte sie an.

»Oh nein, keinen echten«, sagte Mrs Oliver beruhigend.

»Morgen findet hier ein großes Fest statt, und als eine Art Novum wird es eine Mörderjagd geben. Von mir arrangiert. Wie eine Schnitzeljagd, wissen Sie, aber weil sie schon so viele Schnitzeljagden hatten, wollten sie mal etwas Neues. Und so boten sie mir ein beträchtliches Honorar, wenn ich herkäme und mir etwas ausdächte. Eigentlich ganz lustig – eine schöne Abwechslung von der üblichen Routine.«

»Wie funktioniert das?«

»Nun, natürlich wird es ein Opfer geben. Und Indizien. Und Verdächtige. Alles recht konventionell – der Vamp, der Erpresser, die jung Verliebten, der finstere Butler und so weiter, Sie wissen schon. Mit einer halben Krone Eintritt bekommt man das erste Indiz in die Hand, dann muss man das Opfer finden und die Waffe und angeben, wer es war und warum. Es gibt auch Preise.«

»Bemerkenswert«, sagte Hercule Poirot.

»Eigentlich«, gab Mrs Oliver zu, »ist alles viel schwerer zu arrangieren, als man meinen könnte. Weil man berücksichtigen muss, dass echte Menschen recht intelligent sind, was sie in meinen Büchern nicht sein müssen.«

»Und um Sie bei diesem Arrangement zu unterstützen, haben Sie mich gerufen?«

Poirot bemühte sich nicht sehr, Ärger und Empörung in seiner Stimme zu unterdrücken.

»Oh nein«, sagte Mrs Oliver. »Natürlich nicht! Das habe ich alles schon erledigt. Alles ist für morgen bereit. Nein, ich brauche Sie für etwas ganz anderes.«

»Und das wäre?«

Mrs Olivers Hände wanderten hinauf zu ihrem Kopf. Sie stand schon im Begriff, sich damit in der altvertrauten Gebärde wild durch die Haare zu streichen, als ihr die Komplexität ihrer *coiffure* einfiel. Stattdessen machte sie ihren Gefühlen Luft, indem sie sich an den Ohrläppchen zupfte.

»Wahrscheinlich bin ich blöd«, sagte sie. »Aber ich glaube, da stimmt etwas nicht.«

»Da stimmt etwas nicht? Inwiefern?«

»Ich weiß es nicht ... Das sollen *Sie* herausfinden. Aber ich spüre – zunehmend –, dass ich, oh!, manipuliert ... eingewickelt wurde ... Halten Sie mich für blöd, wenn Sie wollen, aber ich kann nur sagen, sollte es morgen statt eines ausgedachten einen richtigen Mord geben, würde mich das nicht überraschen!«

Poirot starrte sie an, und sie erwiderte trotzig seinen Blick.

»Sehr interessant«, sagte Poirot.

»Wahrscheinlich halten Sie mich für vollkommen albern«, sagte Mrs Oliver selbstkritisch.

»Ich habe Sie noch nie für albern gehalten«, sagte Poirot.

»Und ich weiß, was Sie immer über Intuition sagen – oder was für ein Gesicht Sie dabei machen.«

»Man benennt Dinge unterschiedlich«, sagte Poirot. »Ich glaube gern, dass Sie etwas bemerkt oder etwas gehört haben, was in Ihnen eindeutig Besorgnis ausgelöst hat. Ich halte es für möglich, dass Sie selbst vielleicht gar nicht wissen, was Sie da gesehen, bemerkt oder gehört haben. Bewusst ist Ihnen nur das Ergebnis. Wenn ich so sagen darf, Sie wissen nicht, was Sie da wissen. Wenn Sie mögen, nennen Sie es Intuition.«

»Man kommt sich ja so albern vor«, sagte Mrs Oliver kläglich, »wenn man die Dinge nicht *eindeutig* benennen kann.«

»Wir kommen schon dahinter«, sagte Poirot aufmunternd. »Sie sagen, Sie haben das Gefühl – wie haben Sie es genannt –, eingewickelt worden zu sein? Könnten Sie ein wenig klarer formulieren, was Sie damit meinen?«

»Ach, das ist ziemlich schwierig … Sehen Sie, das ist ja sozusagen *mein* Mord. Ich habe ihn mir ausgedacht und geplant, und es passt alles zusammen – nahtlos. Und falls Sie überhaupt etwas über Schriftsteller wissen, dann wissen Sie auch, dass sie Anregungen nicht ertragen. Die Leute sagen: ›Hervorragend, aber wäre es nicht besser, wenn Soundso das und das täte?‹ Oder: ›Wäre es nicht eine wunderbare Idee, wenn das Opfer nicht A, sondern B wäre? Oder wenn sich nicht D, sondern E als der Mörder erwies?‹ Schließlich will man doch hören: ›Na gut, wenn Sie es so wollen, dann schreiben Sie es eben so!‹«

Poirot nickte.

»Und das ist nun passiert?«

»Nicht ganz … Ein derartiger dummer Vorschlag wurde zwar gemacht, doch dann habe ich mich auf die Hinterbeine gestellt, und sie haben klein beigegeben, aber dann doch einen ganz unbedeutenden trivialen Vorschlag einfließen lassen, und da ich bei dem anderen hart geblieben bin, habe ich den trivialen akzeptiert, ohne mir viel dabei zu denken.«

»Ich verstehe«, sagte Poirot. »Ja, das ist eine Strategie … Etwas ziemlich Krudes und Absurdes wird vorgebracht – um das es aber eigentlich gar nicht geht. Das wahre Ziel ist die unbedeutende Änderung. Meinen Sie vielleicht das?«

»Genau das meine ich«, sagte Mrs Oliver. »Und natürlich kann ich es mir einbilden, aber ich glaube es eigentlich nicht – und überhaupt scheint ohnehin nichts davon wichtig. Aber es hat mich in Unruhe versetzt – das und so eine Art, nun ja, Atmosphäre.«

»Wer hat Ihnen diese Änderungen vorgeschlagen?«

»Verschiedene Leute«, sagte Mrs Oliver. »Wäre es nur eine Person gewesen, dann wäre ich mir meiner Sache sicherer. Aber es ist nicht nur eine – allerdings glaube ich, dass es eigentlich nur eine ist. Ich meine, es ist eine Person, die sich anderer, völlig argloser Leute bedient.«

»Haben Sie eine Vorstellung, wer diese eine Person ist?«

Mrs Oliver schüttelte den Kopf.

»Diese Person ist jedenfalls sehr schlau und sehr vorsichtig«, sagte sie. »Es könnte jeder sein.«

»Wer ist denn hier?«, fragte Poirot. »Die Besetzung der Personen ist doch sicher recht begrenzt?«

»Nun«, begann Mrs Oliver. »Da wäre Sir George Stubbs,

dem der Besitz gehört. Reich und plebejisch und, vom Geschäftlichen einmal abgesehen, fürchterlich dumm, würde ich sagen, darin aber wahrscheinlich absolut gewieft. Dann Lady Stubbs, Hattie, ungefähr zwanzig Jahre jünger als er, ziemlich schön, aber dumm wie Bohnenstroh – ich glaube sogar, dass sie eindeutig minderbemittelt ist. Hat ihn natürlich wegen seines Geldes geheiratet und denkt an nichts anderes als Kleider und Schmuck. Dann Michael Weyman – er ist Architekt, ziemlich jung und sieht auf eine herbe Art gut aus, wie ein Künstler. Er entwirft für Sir George einen Tennispavillon und repariert das Folly.«

»Folly? Was ist das – eine Maskerade?«

»Nein, etwas Architektonisches. So ein kleines Tempeldings mit weißen Säulen. Wahrscheinlich haben Sie so etwas in Kew gesehen. Dann Miss Brewis, eine Mischung aus Sekretärin und Haushälterin, die alles regelt und Briefe schreibt – sehr verbissen und tüchtig. Und dann sind da noch die Leute aus der Gegend, die hier aushelfen. Ein junges Ehepaar, das am Fluss ein Häuschen hat – Alec Legge und seine Frau Peggy. Und Captain Warborough, der Agent der Mastertons. Und dann natürlich die Mastertons und die alte Mrs Folliat, die das ehemalige Pförtnerhaus bewohnt. Der Familie ihres Mannes hat Greenshore ursprünglich gehört. Aber die sind ausgestorben oder in Kriegen gefallen, und es gab hohe Erbschaftsteuern, daher hat der letzte Erbe das Haus verkauft.«

»Wessen Idee war die Mörderjagd?«

»Mrs Mastertons, glaube ich. Sie ist die Frau des hiesigen Parlamentsabgeordneten. Sie ist sehr gut im Organisieren. Sie hat Sir George überredet, das Fest abzuhalten. Wissen Sie, das Haus hat so lange leer gestanden, dass sie glaubt, die Leute zahlen gern, um es sich einmal anzusehen.«

»Das erscheint mir alles ganz normal«, sagte Poirot.

»So scheint es«, sagte Mrs Oliver störrisch, »ist es aber nicht. Ich sage Ihnen, Monsieur Poirot, da stimmt etwas nicht.«

Poirot sah Mrs Oliver an und Mrs Oliver wiederum Poirot.

»Wie haben Sie meine Anwesenheit erklärt? Dass Sie nach mir geschickt haben?«, fragte Poirot.

»Das war einfach«, antwortete Mrs Oliver. »Sie sollen die Preise überreichen. Für die Mörderjagd. Alle waren absolut begeistert. Ich sagte, dass ich Sie kenne und Sie möglicherweise überreden könnte herzukommen und dass Ihr Name ganz bestimmt eine ungeheure Anziehungskraft besitze – was natürlich auch so sein wird«, setzte Mrs Oliver taktvoll hinzu.

»Und der Vorschlag wurde angenommen – ohne Einwände?«

»Wie schon gesagt, alle waren begeistert.«

Mrs Oliver fand es unnötig zu erwähnen, dass einer oder zwei aus der jüngeren Generation gefragt hatten: »Wer ist denn Hercule Poirot?«

»*Alle?* Niemand hatte etwas dagegen?«

Mrs Oliver schüttelte den Kopf.

»Das ist schade«, sagte Hercule Poirot.

»Sie meinen, das hätte uns auf eine Spur gebracht?«

»Von einem potenziellen Verbrecher kann man kaum erwarten, dass er meine Anwesenheit begrüßt.«

»Vermutlich glauben Sie, ich habe mir die ganze Sache ausgedacht«, sagte Mrs Oliver kläglich. »Ich muss zugeben, erst seit ich mit Ihnen rede, merke ich, wie wenige Anhaltspunkte ich habe.«

»Beruhigen Sie sich«, sagte Poirot freundlich. »Ich bin fasziniert und interessiert. Wo fangen wir an?«

Mrs Oliver schaute auf die Uhr.

»Es ist gerade Teezeit. Wir gehen ins Haus, dann können Sie alle kennenlernen.«

Sie nahm einen anderen Weg als den, auf dem Poirot gekommen war. Dieser schien in die entgegengesetzte Richtung zu führen.

»So kommen wir am Bootshaus vorbei«, erklärte Mrs Oliver.

Noch während sie das sagte, kam es in den Blick. Es ragte über den Fluss hinaus, ein malerischer, reetgedeckter Bau.

»Dort wird die Leiche sein«, sagte Mrs Oliver. »Die der Mörderjagd, meine ich.«

»Und wer soll getötet werden?«

»Ach, eine junge Wanderin, die in Wahrheit aber die jugoslawische erste Frau eines jungen Atomphysikers ist«, sagte Mrs Oliver leichthin.

Poirot blinzelte.

»Natürlich sieht es so aus, als hätte der Atomphysiker sie umgebracht – aber so einfach ist es in Wirklichkeit nicht.«

»Natürlich nicht – wo Sie doch im Spiel sind …«

Mrs Oliver akzeptierte das Kompliment mit einer kurzen Handbewegung.

»Tatsächlich«, sagte sie, »wird sie vom Gutsherrn getötet, und das Motiv ist auch ziemlich genial – ich glaube nicht, dass viele darauf kommen, auch wenn das fünfte Indiz einen vollkommen klaren Hinweis liefert.«

Poirot überging die Finessen von Mrs Olivers Plan, indem er eine praktische Frage stellte.

»Aber wie beschaffen Sie die passende Leiche?«

»Pfadfinderin«, sagte Mrs Oliver. »Eigentlich sollte Peggy Legge es sein, aber nun wollen sie, dass sie die Wahrsagerin macht, es wird also eine Pfadfinderin namens Marlene Tucker. Ziemlich dumm, und sie schnieft dauernd. Es ist ganz einfach – Bauerntücher und ein Rucksack –, und wenn sie jemanden kommen hört, muss sie nur umfallen und sich den Strick um den Hals drapieren. Ziemlich langweilig für das arme Kind – so lange im Bootshaus zu hocken, bis man sie findet –, aber ich habe ihr einen hübschen Stapel Comics besorgt, und auf einem ist auch ein Hinweis auf den Mörder gekritzelt – es passt also alles.«

»Ihre Findigkeit macht mich sprachlos! Woran Sie nicht alles denken!«

»Es ist nicht schwierig, sich Dinge auszudenken«, sagte Mrs Oliver. »Das Dumme ist nur, dass man sich zu viel ausdenkt, und dann wird es zu kompliziert, also muss man einiges streichen, und das ist wirklich eine Qual. Wir gehen jetzt da hinauf.«

Sie bogen auf einen steilen Zickzackpfad, der oberhalb des Flusses zurück zum Haus führte. An einer Biegung traten sie aus dem Waldstück heraus auf eine Lichtung, die von einem kleinen weiß verputzten Tempel dominiert wurde. Ein Stück entfernt davon stand, ihn mürrisch betrachtend, ein junger Mann in einer schäbigen Flanellhose und einem erschreckend grünen Hemd. Er drehte sich zu ihnen um.

»Mr Michael Weyman, Monsieur Hercule Poirot«, sagte Mrs Oliver.

Der junge Mann quittierte die Vorstellung mit einem achtlosen Nicken.

»Unglaublich«, sagte er bitter, »wo die Leute nicht überall etwas hinstellen! Zum Beispiel das hier. Es steht erst seit einem Jahr – ganz hübsch in seiner Art und durchaus auch zur Periode des Hauses passend. Aber warum *hier*? Diese Dinger soll man doch sehen – ›auf einer Anhöhe gelegen‹, so haben sie es früher formuliert –, dazu ein hübscher Zugang mit Rasen und Narzissen. Aber das arme Ding da, mitten zwischen die Bäume gesetzt – von nirgendwoher einsehbar –, man müsste ungefähr zwanzig davon fällen, damit man es wenigstens vom Fluss aus sieht.«

»Vielleicht gab es ja keinen anderen Ort«, sagte Mrs Oliver.

Michael Weyman schnaubte verächtlich.

»Da oben auf dem Grashang am Haus – ideale, natürliche Lage. Aber nein, diese Magnaten sind doch alle gleich – kein Kunstverstand. Hat Lust auf ein ›Folly‹, wie er es nennt, bestellt eines. Schaut sich um, wo es hin könnte. Dann stürzt offenbar in einem Sturm eine große Eiche um. Hinterlässt eine hässliche Wunde. ›Ach, das bringen wir wieder in Ordnung, indem wir da ein Folly hinstellen‹, sagt der blöde Esel. Nur daran denken sie, diese reichen Stadtburschen, in Ordnung bringen! Möchte mal wissen, warum er nicht auch noch Beete mit roten Geranien und Pantoffelblumen ums Haus angelegt hat! So einem sollte nicht erlaubt sein, ein derartiges Haus zu besitzen!«

Er klang hitzig.

»Dieser junge Mann«, bemerkte Poirot bei sich, »mag Sir George Stubbs gewiss nicht.«

»Das ist in Beton eingelassen«, sagte Weyman. »Und darunter ist lockeres Erdreich – also hat es sich abgesenkt. Schon ganz rissig da oben – bald wird's gefährlich. Am besten reißt man das ganze Ding ab und stellt es oben auf dem Hang beim Haus wieder auf. Das ist mein professioneller Rat, aber der sture alte Trottel will nichts davon hören.«

»Wie steht's mit dem Tennispavillon?«, fragte Mrs Oliver.

Auf den jungen Mann senkte sich noch mehr Trübsinn.

»Er will eine Art chinesische Pagode«, sagte er stöhnend. »Drachen, bitte schön! Nur weil Lady Stubbs sich in chinesischen Kulihüten sieht. Wer will da schon Architekt sein? Wer etwas Ordentliches gebaut haben will, hat nicht das nötige Geld, und wer das Geld hat, will etwas absolut verdammt Scheußliches!«

»Sie haben mein Mitgefühl«, sagte Poirot ernst.

Mrs Oliver setzte ihren Weg zum Haus fort, und Poirot sowie der entmutigte Architekt folgten ihr.

»Diese Magnaten«, sagte jener bitter, »begreifen die schlichtesten Prinzipien nicht.« Er versetzte dem schiefen Folly einen letzten Tritt. »Wenn das Fundament hin ist, dann ist alles hin.«

»Was Sie da sagen, ist tiefgründig«, erwiderte Poirot. »Ja, sehr tiefgründig.«

Der Weg, dem sie folgten, ließ den Wald hinter sich, und nun stand das Haus vor ihnen, weiß und schön, im Hintergrund hohe, dunkle Bäume.

»Ja, es ist von wahrhaftiger Schönheit«, murmelte Poirot.

»Er will einen Billardsaal angebaut haben«, sagte Mr Weyman giftig.

Auf der Böschung unterhalb von ihnen machte sich eine kleine ältere Dame mit einer Heckenschere an einem Gebüsch zu schaffen. Sie kam zu ihnen herauf, um sie zu begrüßen, wobei sie leicht keuchte.

»Alles seit Jahren vernachlässigt«, sagte sie. »Und so schwierig, heute jemanden zu finden, der sich auf Buschwerk versteht. Der Hang sollte im März und April ein Farbenmeer sein, aber dieses Jahr sehr enttäuschend – dieses tote Holz hätte schon letzten Herbst weggeschnitten werden sollen …«

»Monsieur Hercule Poirot, Mrs Folliat«, sagte Mrs Oliver.

Die ältere Dame strahlte.

»Das ist also der große Monsieur Poirot! Das ist aber auch nett von Ihnen, uns morgen zu helfen. Diese schlaue Dame hier hat ein äußerst rätselhaftes Problem erdacht – das wird ein wirkliches Novum sein.«

Poirot war von der Liebenswürdigkeit der kleinen Dame leicht verblüfft. Sie hätte, so dachte er, auch seine Gastgeberin sein können.

Höflich sagte er: »Mrs Oliver ist eine alte Freundin. Ich war glücklich, ihrer Bitte entsprechen zu können. Das ist ein wahrhaft schönes Fleckchen Erde, und welch ein überragendes und edles Herrenhaus.«

Mrs Folliat nickte.

»Ja. Es wurde 1790 vom Urgroßvater meines Mannes errichtet. Vorher stand da ein elisabethanisches Haus. Es verfiel und brannte um 1700 nieder. Unsere Familie lebt hier seit 1598.«

Ihre Stimme war ruhig und nüchtern. Poirot musterte sie genauer. Er sah eine sehr kleine und kompakte Person, die in schäbigen Tweed gekleidet war. Das Auffallendste an ihr waren die klaren porzellanblauen Augen. Ihre grauen Haare wurden von einem engen Haarnetz umfasst. Auch wenn sie offensichtlich ihr Äußeres vernachlässigte, hatte sie doch das undefinierbare, schwer erklärbare Flair, das Persönlichkeiten auszeichnet.

Als sie zusammen zum Haus schritten, sagte Poirot zaghaft: »Es ist bestimmt schwer für Sie, dass Fremde hier wohnen.«

Es entstand eine kleine Pause, bis Mrs Folliat antwortete. Ihre Stimme war klar, präzise und seltsam bar jeder Emotion.

»So vieles ist schwer, Monsieur Poirot«, sagte sie.

3

Im Salon saß alles schon beim Tee. Mrs Oliver stellte ihn Sir George Stubbs, Miss Brewis, Lady Stubbs, Mrs Masterton, Captain Warborough sowie Mr und Mrs Legge vor. Sir George war ein großer, bärtiger Mann um die fünfzig mit einem roten Gesicht, einer lauten, jovialen Stimme und Art und verschlagenen blauen Augen, die überhaupt nicht jovial schauten. Miss Brewis, die hinterm Teetablett residierte und mit flinker Tüchtigkeit ausschenkte, war schätzungsweise vierzig, eine unscheinbare, saubere und asketische Erscheinung. Mrs Masterton neben ihr, eine recht monumentale Frau, bellte mit ihrer tiefen Stimme wie ein Bluthund. Poirot fand gar, mit ihrem recht ausgeprägten Unterbiss und den kummervollen, leicht blutunterlaufenen Augen sehe sie auch aus wie einer.

»Du musst diesen Streit über das Teezelt bereinigen, Jim«, sagte sie gerade. »Diese Sache darf wegen dieser dummen Frauen und ihrer Dorffehden nicht im Fiasko enden.«

Captain Warborough, der ein kariertes Jackett trug und eine pferdeartige Erscheinung hatte, zeigte bei seinem Wolfslächeln eine Vielzahl weißer Zähne.

»Das bereinigen wir schon«, sagte er zuversichtlich. »Ich werde einmal ein ernstes Wort mit ihnen reden. Nun aber zum Zelt der Wahrsagerin – meinst du, bei den Magnolien? Oder ganz hinten vor den Rhododendren?«

Darüber entstand eine schrille Kontroverse – in der die junge Mrs Legge eine führende Rolle einnahm. Sie war eine schlanke, attraktive Blondine, ihr Mann Alec hatte ein stark von der Sonne verbranntes Gesicht und ungepflegte rote Haare. Er war offensichtlich kein großer Redner und trug nur gelegentlich einen Einsilber bei.

Nachdem Poirot von Miss Brevis seine Tasse Tee empfangen hatte, fand er Platz neben seiner Gastgeberin und setzte sich, wobei er sorgsam ein Cremeküchlein am Rand der Untertasse balancierte.

Lady Stubbs saß ein wenig abseits von den anderen. Sie lehnte sich, an dem Gespräch eindeutig nicht interessiert, in ihrem Sessel zurück und betrachtete wohlgefällig ihre gespreizte rechte Hand, die auf der Armlehne ruhte. Die Nägel waren sehr lang und mit einem tiefen Rotbraun lackiert. Am Ringfinger steckte ein wunderschön gefasster Smaragd. Sie drehte die Hand ein wenig von links nach rechts, sodass der Stein das Licht auffing.

Als Poirot sprach, blickte sie fast kindlich verblüfft auf.

»Das ist ein wunderschöner Raum, Madame«, sagte er anerkennend.

»Ja, wahrscheinlich«, antwortete Lady Stubbs vage. »Doch, er ist sehr hübsch.«

Sie trug einen großen Kulihut aus Stroh in einem kräftigen Magentarot. Es tönte die kalkweiße Fläche ihres Gesichts darunter rosarot. Sie war in einem exotischen, unenglischen Stil geschminkt: kalkweiße, mattierte Haut, leuchtende, fast violette Lippen, um die Augen Mascara. Ihr schwarzes, glattes Haar lag eng an wie eine schwarze Samtmütze. Es war ein unenglisches Gesicht mit einer mediterranen Schläfrigkeit darin. Was Poirot aber verblüffte, waren die Augen. Sie wirkten seltsam leer.

Sie sagte: »Gefällt Ihnen mein Ring? George hat ihn mir gestern geschenkt.«

»Es ist ein ganz reizender Ring, Madame.«

Sie sagte: »George schenkt mir viele Dinge. Er ist sehr nett.«

Sie redete mit der Zufriedenheit eines Kindes.

Fast wie einem Kind erwiderte Poirot: »Das macht Sie bestimmt sehr glücklich.«

»Oh ja, ich bin *sehr* glücklich«, sagte Lady Stubbs warm. »Mögen Sie Devonshire?«

»Ich glaube schon. Bei Tag ist es hübsch. Aber es gibt keine Nachtclubs.«

»Oh ja. Ich gehe auch gern ins Casino. Warum gibt es in England nur keine Casinos?«

»Das habe ich mich auch schon oft gefragt – ich glaube, sie entsprächen nicht dem englischen Wesen.«

Sie sah ihn ausdruckslos an und runzelte dann verwirrt die Stirn.

»Einmal habe ich in Monte Carlo vierzigtausend Franc gewonnen«, sagte sie. »Ich habe es auf die Sieben gesetzt, mein eigenes Geld.«

»Das war bestimmt sehr aufregend.«

»Ja.« Sie betrachtete ihn ernst. »Jetzt wäre es nicht mehr so wichtig. George ist sehr reich.«

»Ach ja, Madame?«

»Ja.« Sie seufzte. »Nie hat man mir genügend eigenes Geld gelassen. Ich wollte so vieles.« Ein Lächeln hob die bemalten Lippen. »Jetzt schenkt George mir alles.«

Dann betrachtete sie, den Kopf auf eine Seite gelegt, erneut den funkelnden Ring an ihrer Hand, und vertraulich flüsternd sagte sie: »Haben Sie gesehen? Er zwinkert mir zu.«

Sie lachte schallend auf, und Poirot war ein wenig schockiert. Es war ein lautes, unkontrolliertes Lachen.

»Hattie!«

Es war Sir Georges Stimme. Sie enthielt eine sehr leise Ermahnung. Lady Stubbs hörte auf zu lachen.

Poirot wandte den leicht verlegenen Blick von seiner Gastgeberin ab und begegnete dem von Captain Warborough. Er war ironisch und amüsiert.

»Wenn Sie Ihren Tee ausgetrunken haben, Monsieur Poirot«, sagte er, »möchten Sie vielleicht mitkommen und sich die kleine Aufführung, die wir morgen inszenieren, ansehen.«

Poirot erhob sich gehorsam. Als er Captain Warborough

aus dem Zimmer folgte, sah er aus den Augenwinkeln, wie Mrs Folliat sich auf den frei gewordenen Stuhl neben seiner Gastgeberin setzte und Hattie sich ihr begierig und mit der vertrauensvollen Zuneigung eines Kindes zuwandte.

»Schönes Wesen, nicht?«, knödelte Warborough. »Hat den alten George Stubbs ordentlich umgehauen. Nichts ist gut genug für sie! Überhäuft sie mit Edelsteinen, Nerz und allem, was dazugehört. Ob ihm klar ist, dass ihr im Oberstübchen etwas fehlt, habe ich nie herausgefunden. Vermutlich ist das bei so einer schönen Frau auch nicht so wichtig.«

»Welche Nationalität besitzt sie?«, fragte Poirot neugierig.

»Kommt aus der Karibik oder irgendwo daher, denke ich. Kreolin – also, kein Mischling, aber eine aus diesen alten, durch Heirat vermischten Familien … Ah, da sind wir schon, hier liegt alles bereit.«

Poirot folgte ihm in ein Zimmer, das mit Bücherregalen gesäumt war. Auf einem Tisch am Fenster waren diverse Gegenstände ausgebreitet.

An einer Seite lag ein großer Stapel gedruckter Karten. Poirot nahm eine und las:

Verdächtige
Estella da Costa – eine schöne, mysteriöse Frau
Colonel Blunt – der örtliche Gutsherr
Samuel Fischer – ein Erpresser

Joan Blunt – Colonel Blunts Tochter
Peter Gaye – ein junger Atomphysiker
Miss Willing – die Haushälterin
Quiett – ein Butler
Esteban Perenna – ein ungeladener Gast

Waffen
Wäscheleine
Tunesischer Dolch
Unkrautvernichter
Pfeil und Bogen
Armeegewehr
Bronzestatuette

Captain Warborough erklärte:

»Jeder bekommt ein Notizheft und einen Stift, um die Hinweise abzuschreiben und dann auf der Rückseite der Eintrittskarte die Lösung einzutragen …«

Lösung:
Von wem begangen? ______________________
Mit welchem Motiv? ______________________
Mit welcher Methode? ____________________
Zeit und Ort: ___________________________
Gründe für Schlussfolgerung: ______________
____

»Der erste Hinweis ist ein Foto. Jeder Teilnehmer bekommt eines.«

Poirot nahm den kleinen Schnappschuss und musterte ihn stirnrunzelnd. Dann drehte er ihn auf den Kopf. Warborough lachte.

»Geniale Trickfotografie«, sagte er. »Ganz einfach, wenn man weiß, was es ist.«

»Eine Art vergittertes Fenster?«

Warborough lachte erneut.

»Sieht schon ein wenig so aus. Nein, es ist der Ausschnitt eines Tennisnetzes.«

»Ah! Ja – jetzt sehe ich, dass es das sein könnte.«

»Hängt viel davon ab, wie man es betrachtet, nicht?«, lachte Warborough.

»Sie sagen es.« Poirot wiederholte meditativ dessen Worte. »Wie man etwas betrachtet …«

Er lauschte Warboroughs Ausführungen über Mrs Olivers Finessen lediglich mit halber Aufmerksamkeit. Als er die Bibliothek verließ, sprach Miss Brewis ihn an.

»Ah, da sind Sie ja, Monsieur Poirot. Ich möchte Ihnen Ihr Zimmer zeigen.«

Sie führte ihn die Treppe hinauf und den Gang entlang zu einem großen, luftigen Raum mit Blick auf den Fluss.

»Gleich gegenüber ist ein Badezimmer. Sir George spricht davon, weitere Badezimmer einzubauen, doch das würde die Proportionen der Zimmer leider beeinträchtigen. Ich hoffe, Sie finden alles zu Ihrer Zufriedenheit.«

»Ja, durchaus.« Poirot ließ den Blick wohlgefällig über das kleine Bücherregal, die Leselampe und die mit der Aufschrift »Kekse« versehene Dose am Bett schweifen. »In diesem Haus scheinen Sie ja alles bis zur Perfektion organisiert zu haben. Soll ich Sie oder meine reizende Gastgeberin dazu beglückwünschen?«

»Lady Stubbs ist vollauf damit beschäftigt, reizend zu sein«, sagte Miss Brewis mit einem leicht ätzenden Ton.

»Eine sehr dekorative junge Frau«, sinnierte Poirot.

»Sie sagen es.«

»Aber in anderer Hinsicht ist sie vielleicht nicht …« Er brach ab. »*Pardon.* Ich bin indiskret. Ich äußere mich zu etwas, was ich vielleicht gar nicht erwähnen sollte.«

Miss Brewis schaute ihn unverwandt an. Trocken sagte sie: »Lady Stubbs weiß sehr genau, was sie tut. Abgesehen davon, dass sie, wie Sie sagen, eine sehr dekorative junge Frau ist, ist sie auch eine sehr schlaue.«

Sie hatte sich umgedreht und das Zimmer verlassen, noch bevor Poirot die Brauen vor Überraschung ganz hochgezogen hatte. Das also dachte die tüchtige Miss Brewis. Oder hatte sie das aus irgendeinem Grund nur gesagt? Und warum hatte sie eine solche Aussage ihm gegenüber gemacht – einem Neuankömmling? Vielleicht, gerade weil er ein Neuankömmling war, und auch, weil er Ausländer war? Wie Hercule Poirot aus Erfahrung wusste, waren viele Engländer der Ansicht, dass das, was man einem Ausländer sagte, gar nicht zählte!

Perplex runzelte er die Stirn und starrte dabei abwesend aus dem Fenster. Gerade kamen Lady Stubbs und Mrs Folliat aus dem Haus und standen ein Weilchen bei dem großen Magnolienbaum. Dann verabschiedete sich Mrs Folliat mit einem Nicken und lief die Zufahrt hinunter. Lady Stubbs schaute ihr noch kurz nach, rupfte dann versonnen eine Magnolienblüte ab, roch daran und schritt langsam den Pfad entlang, der durch den Wald zum Fluss führte. Bevor sie seinem Blick entschwand, schaute sie sich noch einmal um. Hinter dem Magnolienbaum trat Michael Weyman lautlos hervor, verharrte kurz und folgte dann der hochgewachsenen, schlanken Gestalt, die zwischen den Bäumen verschwand.

Ein gutaussehender, dynamischer junger Mann, dachte Poirot, mit einem zweifellos reizvolleren Wesen als Sir George Stubbs …

Doch wenn dem so war, was bedeutete es? Solche Muster bildeten sich im Leben immerzu heraus: reicher, unattraktiver Mann mittleren Alters, junge, schöne Frau mit hinreichender geistiger Entwicklung oder auch ohne sie, attraktiver, leicht zu beeindruckender junger Mann. Was hatte Mrs Oliver also veranlasst, ihn per Telefon herbeizuzitieren? Zweifellos hatte sie eine lebhafte Phantasie, aber …

»Aber schließlich«, murmelte Hercule Poirot vor sich hin, »bin ich für Ehebruch – oder beginnenden Ehebruch – nicht zuständig.«

Ihm fiel ein, dass er den Details von Mrs Olivers Mörderjagd vielleicht mehr Aufmerksamkeit hätte schenken sollen.

»Die Zeit wird knapp, sehr knapp«, murmelte er vor sich hin. »Noch weiß ich nichts … Ist hier denn wirklich etwas faul, wie Mrs Oliver annimmt? Ich neige auch dazu. Aber was? Wer könnte mir da Aufschluss geben?«

Nach kurzem Nachdenken nahm er seinen Hut (Poirot riskierte es nie, ohne Kopfbedeckung in die Abendluft hinauszugehen), eilte aus seinem Zimmer und die Treppe hinab. Von fern hörte er das diktatorische Bellen von Mrs Mastertons tiefer Stimme. Etwas näher erklang Sir Georges Stimme in verliebtem Ton.

»Steht dir verdammt gut, dieses Jaschmak-Ding. Schade, dass du nicht in meinem Harem bist, Peggy. Morgen komme ich und lasse mir von dir ausführlich mein Schicksal voraussagen. Was du mir wohl prophezeien wirst, hm?«

Es gab ein kurzes Gerangel, dann hörte Poirot Peggy Legges Stimme atemlos sagen: »George, das darfst du nicht.«

Poirot zog die Augenbrauen hoch und schlüpfte durch eine günstig gelegene Seitentür hinaus. Eiligst lief er einen Weg auf der Rückseite entlang, der, diese Voraussage erlaubte ihm sein Ortssinn, irgendwann auf die vordere Einfahrt stoßen würde.

Sein Manöver war erfolgreich und ermöglichte es ihm – nur ganz leicht keuchend –, neben Mrs Folliat aufzutauchen und ihr in seiner galanten Art den Gärtnerkorb abzunehmen.

»Sie erlauben, Madame?«

»Oh, danke, Monsieur Poirot, das ist sehr freundlich von Ihnen. Aber er ist nicht schwer.«

»Gestatten Sie mir, ihn für Sie nach Hause zu tragen. Sie wohnen hier in der Nähe?«

»Ich wohne im Pförtnerhaus am Eingangstor. Sir George vermietet es mir freundlicherweise.«

Das Pförtnerhaus am Eingangstor ihres ehemaligen Zuhauses. Wie ihr dabei wohl wirklich zumute ist, überlegte Poirot.

Sie war so vollkommen beherrscht, dass er in keiner Weise auf ihre Gefühle schließen konnte. Er wechselte das Thema.

»Lady Stubbs ist viel jünger als ihr Mann.«

»Dreiundzwanzig Jahre jünger, um genau zu sein.«

»Körperlich ist sie sehr attraktiv.«

Mrs Folliat sagte leise: »Hattie ist ein liebes, gutes Kind.«

Eine solche Antwort hatte er nicht erwartet. Mrs Folliat fuhr fort:

»Ich kenne sie nämlich sehr gut. Für kurze Zeit stand sie unter meiner Obhut.«

»Das wusste ich nicht.«

»Wie sollten Sie auch? Es ist in gewisser Hinsicht eine traurige Geschichte. Ihre Familie hatte Ländereien in der

Karibik, Zuckerplantagen. Infolge eines Erdbebens brannte das Haus nieder, wobei ihre Eltern, Brüder und Schwestern allesamt ums Leben kamen. Hattie war da in einem Kloster in Paris und war nun auf einen Schlag ohne nähere Verwandte. Es wurde von den Nachlassverwaltern als ratsam erachtet, Hattie für eine Saison in die Londoner Gesellschaft einzuführen. Ich übernahm die Verantwortung für sie.« Mit einem schmalen Lächeln setzte Mrs Folliat hinzu: »Ich kann mich für gewisse Anlässe fein machen, und natürlich hatte ich auch die nötigen Verbindungen.«

»Natürlich, Madame, das verstehe ich.«

»Ich machte eine schwierige Zeit durch. Mein Mann starb kurz vor Ausbruch des Krieges. Mein älterer Sohn, der in der Navy war, ging mit seinem Schiff unter, mein jüngerer Sohn war in der Army und fiel in Italien. Mir blieb nicht sehr viel, womit ich mich beschäftigen konnte. Es ging mir schlecht. Das Haus wurde zum Verkauf angeboten. Ich war froh über die Ablenkung, mich um einen jungen Menschen kümmern zu müssen. Ich gewann Hattie sehr lieb, vielleicht umso mehr, als ich bald merkte, dass sie – sagen wir – nicht vollständig in der Lage war, für sich selbst zu sorgen. Verstehen Sie mich richtig, Monsieur Poirot, Hattie ist nicht geisteskrank, aber doch das, was die Landleute ›schlicht‹ nennen. Sie ist leicht auszunutzen, allzu sanftmütig und sehr leicht zu beeindrucken. Zum Glück war praktisch kein Geld im Spiel – wäre sie eine reiche Erbin gewesen, dann hätte es sich weit schwieriger dargestellt. Sie wirkte anziehend auf Männer und fühlte sich, da von liebevollem Wesen, schnell hingezogen und war leicht zu beeinflussen – man musste auf sie achten. Als nach der endgültigen Abwicklung des Nachlasses ihrer Eltern feststand, dass die Plantage vernichtet war und es mehr Schulden als Vermögen gab, konnte ich nur dankbar sein, dass ein Mann wie Sir George Stubbs sich in sie verliebt hatte und sie heiraten wollte.«

»Wahrscheinlich, ja, war das eine Lösung.«

»Sir George«, sagte Mrs Folliat, »wenngleich ein Selfmademan und – machen wir uns nichts vor – ein absolut vulgärer Mensch, ist freundlich und anständig und zudem noch äußerst reich. Ich glaube nicht, dass er von einer Frau je geistige Fähigkeiten erwarten würde. Hattie ist alles, was er braucht. Sie stellt Kleider und Schmuck perfekt zur Schau, ist liebevoll, willig und vollkommen glücklich. Ich gestehe, ich bin dafür sehr dankbar, und räume ein, bewusst Einfluss genommen zu haben, dass sie seinen Antrag annimmt. Wenn es sich als schlecht erwiesen hätte« – ihre Stimme stockte ein wenig –, »wäre es meine Schuld gewesen, sie gedrängt zu haben, einen so viel älteren Mann zu heiraten. Sehen Sie, wie ich Ihnen schon sagte, Hattie ist beeinflussbar. Jeder, mit dem sie gerade zusammen ist, kann sie dominieren.«

»Mir scheint«, pflichtete Poirot ihr bei, »dass Sie ein äußerst kluges Arrangement für sie getroffen haben. Ich bin, anders als die Engländer, kein Romantiker. Um eine gute Ehe zu arrangieren, muss man mehr als nur Romantik in Betracht ziehen.«

Er setzte hinzu:

»Und dieser Besitz hier, das ist ein ganz wunderschöner Ort. Himmlisch, wie man so sagt.«

»Da er ja nun verkauft werden musste«, fuhr Mrs Folliat fort, »bin ich froh, dass Sir George ihn gekauft hat. Während des Krieges war er requiriert, und danach hätte er womöglich zu einem Gasthaus oder einer Schule umgebaut werden können, die Zimmer erweitert oder abgetrennt, ihrer natürlichen Schönheit beraubt. Unsere Nachbarn, die Sandbournes in Upper Greenshore, mussten ihr Haus verkaufen, und jetzt ist es eine Jugendherberge. Man freut sich ja, wenn die jungen Leute sich amüsieren – und zum Glück war das Haus spätviktorianisch und nicht von großem architektonischem Wert, daher spielen die Änderungen keine Rolle. Leider betreten allerdings manche dieser jungen Leute unser Gelände. Das macht Sir George sehr zornig, und es stimmt auch, dass sie schon einmal die seltenen Büsche zerstört haben, indem sie sie herausrissen – sie gehen hier durch, weil sie eine Abkürzung zur Flussfähre nehmen wollen.«

Sie standen nun am Eingangstor. Das Haus, ein kleines weißes, einstöckiges Gebäude, lag ein wenig zurückgesetzt von der Zufahrt und war von einem kleinen eingezäunten Garten umgeben.

Mrs Folliat nahm Poirot mit einem Wort des Dankes ihren Korb ab.

»Das Pförtnerhaus war mir immer sehr lieb«, sagte sie. »Der gute alte Meldrum, der dreißig Jahre lang unser Obergärtner war, hat hier gewohnt. Es ist mir viel lieber als das obere Haus, auch wenn Sir George es erweitert und modernisiert hat. Das war auch nötig; wir haben als Obergärtner jetzt einen recht jungen Mann mit einer jungen Frau – die brauchen elektrische Bügeleisen und moderne Herde und so weiter. Man muss ja mit der Zeit gehen«, seufzte sie. »Auf dem Besitz ist ja kaum noch jemand aus den alten Tagen übrig geblieben – alles neue Gesichter.«

»Ich freue mich, Madame«, sagte Poirot, »dass Sie immerhin Ihr Plätzchen gefunden haben.«

»Kennen Sie die Zeilen von Spenser? *Schlaf nach Mühsal, Hafen nach stürmischem Meer, Frieden nach Krieg, Tod nach dem Leben, das erfreut sehr …*«

Sie hielt inne und sagte dann mit unveränderter Stimme: »Es ist eine sehr schlechte Welt, Monsieur Poirot. Und es gibt sehr schlechte Menschen auf der Welt. Wahrscheinlich wissen Sie das genauso gut wie ich. Jüngeren Leuten gegenüber sage ich das nicht, es könnte ihnen ja den Mut rauben, doch es ist wahr … Ja, es ist eine sehr schlechte Welt …«

Sie nickte ihm zu und ging ins Haus. Poirot stand reglos da, den Blick auf die geschlossene Tür gerichtet.

4

Poirot stand der Sinn nach einem Erkundungsgang, also schritt er durchs Eingangstor und eine steile, gewundene Straße hinab, die schließlich an einem kleinen Anleger endete. Auf einer großen Glocke an einer Kette stand die Mitteilung: »Nach Fähre klingeln«. Seitlich am Anleger waren etliche Boote festgemacht. Ein sehr alter Mann mit wässrigen Augen, der an einem Poller gelehnt hatte, kam zu Poirot herübergeschlurft.

»Woll'n Sie die Fähre, Sir?«

»Vielen Dank, nein. Ich bin nur eben vom Greenshore House zu einem kleinen Spaziergang heruntergekommen.«

»Ach, im Greenshore sindse? Hab dort als Junge gearbeitet, und mein Sohn, der war da Obergärtner. Aber ich hab mich um die Boote gekümmert. Der alte Mr Folliat, der war schön verrückt nach Boote. Hat bei jedem Wetter gesegelt. Aber der Major, sein Sohn, den hat das Segeln nicht interessiert. Pferde, die warn ihm wichtig. Ein hübsches Sümmchen ist dafür draufgegangen. Das und die Flasche – hat's schwer gehabt mit ihm, seine Frau. Se haben se vielleicht gesehen – wohnt jetzt im Pförtnerhaus.«

»Ja, ich komme gerade von ihr.«

»Se war 'ne Folliat, ne, Cousine zweiten Grads drüben von Tiverton. War 'ne große Gärtnerin, das war se, die vielen blühenden Büsche, die hat se gepflanzt. Sogar als es im Krieg rekeriert war und die beiden jungen Herren in den Krieg sind, hat se weiter nach den Büschen gesehen und dafür gesorgt, dass se nicht überwuchert sind.«

»Es war schwer für sie, beide Söhne verloren zu haben.«

»Ah, ein hartes Leben hat se gehabt, wirklich, mit diesem und jenem. Ärger mit dem Mann und Ärger mit den jungen Herren, ja. Aber nicht mit Mr Henry. Das war ein netter junger Herr, wie man ihn sich bloß wünscht, ist nach seinem Großvater gekommen, hat gern gesegelt und ist dann natürlich in die Navy, aber Mr James, der hat ihr viel Ärger gemacht. Schulden und Frauen, ja, und dann war der auch ein richtig Wilder. Einer von denen, bei denen nichts grade läuft. Aber der Krieg hat ihm gepasst, könnt man sagen – da hat er seine Chance gehabt. Ah! So mancher, der im Frieden nicht grade laufen kann, stirbt tapfer im Krieg.«

»Dann«, sagte Poirot, »gibt es jetzt also keine Folliats auf Greenshore mehr.«

Der Redefluss des Alten versiegte abrupt.

»Genau wie Se sagen, Sir.«

Poirot betrachtete den Alten forschend.

»Stattdessen haben Sie nun Sir George Stubbs. Was hält man denn in der Gegend von ihm?«

»Wir glauben«, sagte der Alte, »dass er wohl mächtig reich ist.«

Sein Ton klang trocken und beinahe belustigt.

»Und seine Frau?«

»Ah, das ist 'ne feine Dame aus London, ja. Aber kein' Sinn für'n Garten, die nicht. Aber's heißt auch, se hat nicht alle beisammen.«

Dabei tippte er sich bedeutungsvoll an die Schläfe.

»Nicht dass se nicht immer sehr nett und freundlich spricht. Sind vor gut 'nem Jahr hergekommen, ja. Haben das Gut gekauft und alles wie neu gemacht. Ich weiß noch, als wär's gestern gewesen, wie se gekommen sind. Am Abend war's, ein Tag nach dem schlimmsten Sturm, seit ich denken kann. Bäume platt rechts und links – einer direkt auf der Zufahrt, und wir haben ihn ganz schnell zersägen müssen, damit se frei wird. Und die große Eiche da oben, die ist umgefallen und hat 'ne Menge andere mitgerissen, warn böses Schlamassel, ja.«

»Ach ja, wo das Folly jetzt steht?«

Der Alte wandte sich ab und spuckte angewidert aus.

»Folly heißt man's, und verrückt ist's auch – neumodischer Blödsinn. In den alten Zeiten gab's hier kein Folly. War die Idee von Ihrer Ladyschaft, ja. Hingestellt keine drei Wochen nach ihrer Ankunft, und ich hab kein' Zweifel, dass se Sir George dazu überredet hat. Lächerlich sieht's aus, wie's da oben zwischen den Bäumen steckt, wie ein Heidentempel. Aber'n hübsches Sommerhaus, ländlich so mit bunte Glasfenster – dagegen hätt ich nichts.«

Poirot lächelte.

»Tja, die Londoner Damen«, sagte er, »die brauchen wohl ihren Schnickschnack. Traurig, dass die Zeit der Folliats um ist.«

»Das glauben Se mal nicht, Sir.« Der Alte kicherte keuchend. »Auf Greenshore werden immer Folliats sein.«

»Aber das Haus gehört doch jetzt Sir George Stubbs.«

»Mag ja sein – aber 's ist doch immer noch eine Folliat da. Selten schlau sind sie, die Folliats!«

»Wie meinen Sie das?«

Der Alte warf ihm einen verschlagenen Blick zu.

»Mrs Folliat wohnt ja noch im Pförtnerhaus, hm?«, fragte er ihn.

»Ja«, sagte Poirot langsam. »Mrs Folliat lebt im Pförtnerhaus, und die Welt ist sehr schlecht, und alle Leute darauf sind sehr schlecht.«

Der Alte starrte ihn an.

»Ah«, sagte er. »Damit sagen Se vielleicht was.«

Er schlurfte wieder weg.

»Aber was sage ich?«, fragte Poirot sich irritiert, als er langsam den Hügel zum Haus hinaufstieg.

5

Am folgenden Morgen ging Poirot um neun Uhr dreißig zum Frühstück hinunter. Dieses wurde nach Vorkriegsart serviert. Eine Reihe warmer Gerichte auf einer Warmhalteplatte. Sir George verzehrte ein ausgewachsenes englisches Frühstück aus Rühreiern, Speck und Nierchen. Mrs Oliver und Miss Brewis aßen eine modifizierte Version desselben, Michael Weyman einen Teller kalten Schinken. Einzig Lady Stubbs ließ die Fleischtöpfe unbeachtet und knabberte an dünnem Toast und nippte schwarzen Kaffee.

Gerade war die Post gekommen. Miss Brewis hatte einen gewaltigen Stapel Briefe vor sich, den sie rasch in kleinere Stapel sortierte. Jeden für Sir George mit der Aufschrift *Persönlich* reichte sie ihm weiter. Die anderen öffnete sie und sortierte sie dann nach Kategorien.

Für Lady Stubbs waren drei Briefe eingetroffen. Zwei waren offenkundig Rechnungen, die sie nach dem Öffnen beiseitewarf. Dann öffnete sie den dritten und sagte plötzlich und deutlich: »Oh!«

Der Ausruf klang so verblüfft, dass alle den Kopf nach ihr umdrehten.

»Der ist von Paul«, sagte sie. »Meinem Vetter Paul. Er kommt mit einer Jacht.«

»Zeig mal, Hattie.« Sir George streckte die Hand aus. Sie reichte den Brief zum anderen Ende des Tisches weiter. Er strich das Papier glatt und las.

»Wer ist denn dieser Paul Lopez? Ein Vetter, sagst du?«

»Ich glaube. Zweiten Grades. Ich erinnere mich nicht sehr gut an ihn – eigentlich kaum. Er war …«

»Ja, mein Liebes?«

Sie zuckte die Achseln.

»Es ist nicht wichtig. Es ist alles schon so lange her. Da war ich ja noch ein kleines Mädchen.«

»Kann ich mir denken, dass du dich nicht gut an ihn erinnerst. Aber natürlich müssen wir ihn willkommen heißen«, sagte Sir George jovial. »Gewissermaßen schade, dass heute das Fest ist, aber wir werden ihn zum Abendessen einladen. Vielleicht können wir ihn ja auch für ein, zwei Tage unterbringen – ihm etwas von der Landschaft zeigen?«

Sir George gab den jovialen Gutsherrn.

Lady Stubbs sagte nichts. Sie starrte in ihre Kaffeetasse.

Unvermeidlich wurde nun das Fest zum allgemeinen Gesprächsthema. Lediglich Poirot hielt sich zurück und beobachtete die schlanke, exotische Gestalt am Kopfende des Tisches. Er überlegte, was ihr wohl durch den Kopf ging. Genau in dem Moment hob sie die Augen und warf ihm einen kurzen Blick über den Tisch hinweg zu. Er war so schlau und aufmerksam, dass Poirot ganz verblüfft war. Als ihre Blicke sich trafen, verschwand der schlaue Ausdruck – die Leere kehrte zurück. Doch auch den anderen Blick hatte es gegeben, kalt, berechnend, wachsam …

Oder hatte er es sich nur eingebildet? Wie dem auch sei, stimmte es denn nicht, dass Menschen, die an einer kleinen Geistesschwäche litten, häufig über eine natürliche Schläue verfügten, die zuweilen selbst jene überraschte, die sie am besten kannten?

Lady Stubbs war ihm ein Rätsel. Es gab diametral entgegengesetzte Meinungen über sie. Miss Brewis hatte angedeutet, dass Lady Stubbs sehr wohl wusste, was sie tat. Mrs Oliver hingegen hielt sie eindeutig für minderbemittelt, und Mrs Folliat, die sie schon lange und genau kannte, hatte von ihr als einer gesprochen, die nicht ganz normal war, die Hilfe und Zuwendung brauchte.

Miss Brewis war vermutlich voreingenommen. Sie mochte Lady Stubbs wegen ihrer Trägheit und Unnahbarkeit nicht. Poirot fragte sich, ob Miss Brewis schon vor Sir Georges Heirat dessen Sekretärin gewesen war. Wenn ja, dann mochte sie die neue Ordnung gut und gern ablehnen.

Poirot hätte Mrs Folliat und Mrs Oliver von ganzem Herzen zugestimmt – bis zu diesem Morgen. Aber konnte er sich denn wirklich nur auf einen flüchtigen Eindruck stützen?

Lady Stubbs erhob sich abrupt vom Tisch.

»Ich habe Kopfschmerzen«, sagte sie. »Ich gehe auf mein Zimmer und lege mich hin.«

Sir George sprang besorgt auf.

»Mein liebes Kind. Es ist doch alles gut, oder?«

»Es sind nur Kopfschmerzen.«

»Heute Nachmittag wirst du aber doch wieder gesund sein, nicht?«

»Ja, ich glaube schon.«

»Nehmen Sie ein Aspirin, Lady Stubbs«, sagte Miss Brewis forsch. »Haben Sie welche oder soll ich sie Ihnen bringen?«

»Ich habe welche.«

Sie ging Richtung Tür. Dabei ließ sie das Taschentuch fallen, das sie in der Hand gehabt hatte. Poirot trat leise vor und hob es unauffällig auf.

Sir George wollte seiner Frau folgen, wurde jedoch von Miss Brewis aufgehalten.

»Wegen der Parkplätze für die Wagen heute Nachmittag, Sir George. Ich wollte gleich Mitchell Anweisungen geben. Meinen Sie, der beste Plan wäre, wie Sie sagten …«

Mehr hörte Poirot nicht, denn er verließ den Raum.

Er holte seine Gastgeberin auf der Treppe ein.

»Madame, Sie haben das fallen lassen.«

Er reichte ihr mit einer Verbeugung das Taschentuch.

Sie nahm es gleichgültig entgegen.

»Ach ja? Danke.«

»Es bekümmert mich zutiefst, Madame, dass Sie leiden. Zumal doch auch Ihr Vetter kommt.«

Sie antwortete rasch, beinahe heftig.

»Ich will Paul nicht sehen. Ich mag ihn nicht. Er ist böse. Er war schon immer böse. Ich fürchte mich vor ihm. Er tut böse Dinge.«

Die Tür zum Esszimmer ging auf, und Sir George kam durch die Diele und die Treppe herauf.

»Hattie, meine Ärmste. Komm, ich stecke dich ins Bett.«

Gemeinsam gingen sie die Treppe hinauf, wobei er zärtlich den Arm um sie legte, das Gesicht voller Sorge.

Poirot schaute ihnen nach und wandte sich dann um – zu Miss Brewis, die, Papiere in der Hand, rasch näher kam.

»Lady Stubbs' Kopfschmerzen …«, begann er.

»Hat nicht mehr Kopfschmerzen als mein Fuß«, sagte Miss Brewis verärgert, entschwand in ihr Büro und schloss die Tür hinter sich.

Poirot seufzte und schritt durch die Haustür auf die Terrasse. Soeben war Mrs Masterton in einem kleinen Wagen vorgefahren und beaufsichtigte die Errichtung eines Teezeltes, wobei sie ihre Anweisungen laut dröhnend bellte.

Sie wandte sich Poirot zu, um ihn zu begrüßen.

»Sehr lästig, diese Geschichten«, bemerkte sie. »Und alles stellen sie falsch hin. Nein, Rogers! Mehr nach links – *links*, nicht rechts. Wie schätzen Sie das Wetter ein, Monsieur Poirot? Mir erscheint es unbeständig. Regen würde natürlich alles verderben. Und wir hatten dieses Jahr doch zur Abwechslung einmal so einen schönen Sommer. Wo ist Sir George? Ich möchte mit ihm die Parksituation besprechen.«

»Seine Frau hatte Kopfschmerzen und hat sich hingelegt.«

»Heute Nachmittag geht's ihr wieder gut«, sagte Mrs Masterton zuversichtlich. »Sie mag Festlichkeiten nämlich. Sie macht sich ja so gern zurecht, sie wird sich wie ein Kind darüber freuen. Bringen Sie mir doch bitte ein Bündel dieser Pflöcke da, ja? Ich möchte die Stellen für die Zahlen des Uhrengolfs markieren.«

Poirot wurde, derart zum Dienst verpflichtet, von Mrs Masterton unbarmherzig als nützlicher Lehrling eingesetzt. In den Pausen dieser Zwangsarbeit ließ sie sich herbei, mit ihm zu sprechen.

»Man muss eben alles selbst machen, finde ich. Anders geht's nicht … Übrigens, sind Sie nicht mit den Eliots befreundet?«

Nach seiner langen Zeit in England erkannte Poirot, dass dies eine Andeutung gesellschaftlicher Anerkennung war. Tatsächlich sagte Mrs Masterton nämlich: »Auch wenn Sie Ausländer sind, sind Sie offenbar doch ›einer von uns‹.« Sie plauderte vertraulich weiter.

»Schön, dass wieder jemand auf Greenshore lebt. Wir hatten alle solche Angst, dass ein Hotel daraus wird. Sie wissen ja, wie das heute ist; man fährt durchs Land, und vor fast jedem Haus steht ein Schild mit ›Gasthaus‹, ›Pension‹ oder ›Hotel A.A. Volle Schankerlaubnis‹. All die Häuser, in denen man als Mädchen war – oder wo man zum Tanz hinging. Sehr traurig. Doch, ich freue mich über Greenshore, und natürlich freut sich auch die gute alte Amy Folliat. Sie hatte ja so ein schweres Leben – aber sie klagt nie, möchte ich sagen. Sir George hat für Greenshore Wunder bewirkt – und es nicht geschmacklos gemacht. Ich weiß nicht, ob das auf Amy Folliats Einfluss zurückgeht – oder ob es sein eigener guter Geschmack ist. Er hat nämlich schon einen ganz guten Geschmack, müssen Sie wissen. Ganz überraschend bei so einem Mann.«

»Soviel ich weiß, gehört er aber gar nicht zum Landadel?«, fragte Poirot vorsichtig.

»Er ist nicht einmal wirklich Sir George – wurde so genannt, soviel ich weiß. Vermutlich hat er die Idee von Lord George Sangers Zirkus. Eigentlich ganz amüsant. Natürlich sprechen wir das nie an. Reichen Männern muss man ihre kleinen Snobismen lassen, finden Sie nicht? Das Komische ist aber, dass George Stubbs trotz seiner Herkunft überall perfekt hineinpassen würde. Der Typus des Gutsherrn aus dem achtzehnten Jahrhundert. Hat gutes Blut, würde ich sagen. Vater sehr wahrscheinlich feiner Herr und Mutter Bardame.«

Mrs Masterton unterbrach sich, um einen Gärtner anzubrüllen.

»Nicht beim Rhododendron. Sie müssen Platz für die Kegel da rechts lassen. *Rechts* – nicht links!«

Sie fuhr fort:

»Diese Brewis ist schon tüchtig. Mag die arme Hattie aber nicht. Sieht sie manchmal an, als wollte sie sie umbringen. So viele dieser guten Sekretärinnen sind in ihren Chef verliebt. Aber was glauben Sie wohl, wo Jim Warborough hin ist? Albern, wie er an seinem ›Captain‹ festhält. Kein richtiger Soldat, hat sich den Deutschen nicht auf Meilen genähert. Natürlich muss man sich heutzutage mit dem abfinden, was man kriegen kann – und er arbeitet ja auch hart –, aber irgendetwas ist faul an ihm. Ah! Da kommen die Legges.«

Peggy Legge, die in einer Hose und einem gelben Pullover steckte, sagte heiter:

»Wir sind zum Helfen gekommen.«

»Es gibt jede Menge zu tun«, dröhnte Mrs Masterton. »Na, dann wollen wir mal sehen ...«

Poirot nutzte ihre Unaufmerksamkeit, um sich davonzustehlen. Als er um die Hausecke herum auf die vordere Terrasse trat, wurde er Zeuge eines neuen Dramas.

Zwei junge Frauen in Shorts mit bunten Blusen waren aus dem Wald getreten und betrachteten nun unsicher das Haus. Aus dem Fenster von Lady Stubbs' Zimmer beugte sich Sir George heraus und sprach sie zornig an.

»Sie haben das Gelände unbefugt betreten«, brüllte er.

»Bitte?«, sagte die junge Frau mit dem grünen Kopftuch.

»Sie können hier nicht durch. Privat.«

Die andere junge Frau, die ein königsblaues Kopftuch trug, sagte fröhlich:

»Bitte? Greenshore Quay …«, sie sprach es sorgfältig aus, »ist dorthin? Bitte.«

»Sie haben das Gelände unbefugt betreten«, bellte Sir George.

»Bitte?«

»*Unbefugt!* Kein Durchgang. Sie müssen zurück. *ZURÜCK!* Wo Sie hergekommen sind.«

Sie starrten ihn an, wie er wild gestikulierte. Dann berieten sie sich in einem Schwall fremdländischer Wörter. Schließlich fragte Blautuch zweifelnd: »Zurück? Zu Herberge?«

»Genau. Und Sie nehmen die Straße – *Straße* –, da entlang.«

Widerwillig traten sie den Rückzug an. Sir George tupfte sich die Stirn und schaute zu Poirot herab.

»Verbringe meine Zeit damit, Leute abzuweisen«, sagte er. »Sind vorher immer durchs obere Tor gekommen. Da habe ich ein Vorhängeschloss drangemacht. Jetzt kommen sie durch den Wald, übern Zaun. Glauben, sie können so leicht zum Ufer und zum Anleger gelangen. Na, das können sie wohl auch, und viel schneller. Aber hier gibt's kein Wegerecht – hat's noch nie gegeben. Und es sind praktisch alles Ausländer – verstehen nicht, was man sagt, und plappern einen nur auf Holländisch oder sonst was an.«

»Die eine ist Holländerin, die andere Italienerin. Ich habe sie gestern auf dem Weg vom Bahnhof hierher getroffen.«

»Alle möglichen Sprachen sprechen die … Ja, Hattie? Was hast du gesagt?« Er zog sich ins Zimmer zurück.

Poirot drehte sich um und sah vor sich Mrs Oliver und direkt neben ihr ein stark entwickeltes Mädchen von vierzehn Jahren in einer Pfadfinderinnenuniform.

»Das ist Marlene«, sagte Mrs Oliver.

Marlene quittierte die Vorstellung mit einem ausgedehnten Schniefen. Poirot verneigte sich höflich.

»Sie ist das Opfer«, sagte Mrs Oliver.

Marlene kicherte.

»Ich bin die grässliche Leiche«, sagte sie. »Aber's wird kein Blut zu sehen sein.« Ihr Ton bekundete Enttäuschung.

»Nicht?«

»Nein. Nur mit einem Strick erwürgt, sonst nichts. Ich wär ja gern *erstochen* worden – und hätt' gern rote Farbspritzer auf mir gehabt.«

»Captain Warborough meinte, es könnte zu realistisch aussehen«, sagte Mrs Oliver.

»Bei einem Mord soll es aber Blut geben«, sagte Marlene muffelig. Sie betrachtete Poirot mit lebhaftem Interesse. »Sie haben ja schon viele Morde gesehen, oder? Hat *sie* gesagt.«

»Den einen oder anderen«, gestand Poirot bescheiden.

Zu seiner Bestürzung verließ Mrs Oliver sie.

»Auch Triebtäter?«, fragte Marlene begierig.

»Keinesfalls.«

»Ich mag Triebtäter«, sagte Marlene genießerisch. »Ich mein, drüber zu lesen.«

»Wahrscheinlich würde es Ihnen nicht gefallen, einem zu begegnen.«

»Ach, keine Ahnung. Wissen Sie was? Ich glaub, hier in der Gegend gibt's einen. Mein Opa hat mal im Wald eine Leiche gesehen. Er hat's mit der Angst gekriegt und ist weggerannt, und als er wieder hin ist, war sie weg. War eine Frauenleiche. Aber mein Opa, der ist natürlich bekloppt, also achtet keiner drauf, was er sagt.«

Poirot gelang die Flucht, und nachdem er über einen Umweg das Haus erreicht hatte, zog er sich auf sein Zimmer zurück.

6

Das Mittagessen war ein frühes und schnell eingenommenes kaltes Mahl, mehr nicht. Um halb drei sollte ein unbedeutender Filmstar das Fest eröffnen. Das Wetter, das zunächst nach Regen ausgesehen hatte, besserte sich zusehends. Um drei Uhr war das Fest schon in vollem Gang. Leute kamen in großer Zahl und entrichteten das Eintrittsgeld von einer halben Krone, und die lange Zufahrt war an einer Seite von Wagen gesäumt. Studenten aus der Jugendherberge kamen in Trupps und schwatzten laut in fremden Zungen. Entsprechend Mrs Mastertons Vorhersage war Lady Stubbs kurz vor halb drei aus ihrem Schlafzimmer aufgetaucht, in ein alpenveilchenrotes Kleid gewandet und einen riesigen Kulihut aus schwarzem Stroh auf dem Kopf. Sie trug eine große Menge Diamanten.

Miss Brewis murmelte süffisant: »Offenbar glaubt sie, es sei die königliche Loge in Ascot!«

Poirot hingegen machte ihr ein ernst gemeintes Kompliment.

»Eine wunderschöne Kreation, die Sie da tragen, Madame.«

»Nett, nicht war«, sagte Hattie glücklich. »Ich habe sie in Ascot getragen.«

Der unbedeutende Filmstar war eingetroffen, und Hattie schritt zu der Dame hin, um sie zu begrüßen.

Poirot zog sich in den Hintergrund zurück. Trübsinnig wanderte er umher – alles schien ganz wie ein normales Fest abzulaufen. Es gab einen Wurfstand, welcher von Sir George in seiner jovialsten Art beaufsichtigt wurde. Es gab diverse Stände, die heimische Erzeugnisse feilboten, Obst, Gemüse, Marmeladen und Kuchen – andere wiederum zeigten »Kuriositäten«. Auch diverse Tombolas liefen, und für die Kinder gab es ein »Grabbelfass«.

Inzwischen war die Menge der Leute recht groß, und es begann eine Tanzdarbietung von Kindern. Poirot sah keine Spur von Mrs Oliver, doch Lady Stubbs' alpenveilchenrote Gestalt stach aus der Menge heraus; sie ließ sich darin treiben. Den Mittelpunkt des Interesses schien dagegen Mrs Folliat zu bilden. Ihre Erscheinung war völlig verändert – in ihrem hortensienblauen Foulardkleid und dem eleganten grauen Hut schien sie der Veranstaltung vorzustehen, sie begrüßte neue Gäste, lenkte Leute zu den diversen Nebenaufführungen, und mit ihrem anmutigen und einnehmenden Wesen war sie ganz eindeutig Mrs Folliat von Greenshore House.

Poirot fragte sich, ob sie überhaupt merkte, wie vollständig sie in die Rolle der Gastgeberin geschlüpft war, oder ob es gänzlich unbewusst geschah.

Er stand neben dem Zelt mit der Tafel *»Für 2/6 wird Ihnen Madame Esmeralda die Zukunft voraussagen«*. Nun wurde aber auch Tee gereicht, sodass es bei der Wahrsagerin keine Schlange mehr gab. Poirot neigte den Kopf, betrat das Zelt und bezahlte bereitwillig seine zwei Schillinge und sechs Pence, zweieinhalb Schilling für das Privileg, in einen Sessel zu sinken und seinen schmerzenden Füßen Ruhe zu gönnen.

Madame Esmeralda trug wehende schwarze Gewänder, ein Tuch um den Kopf und einen Schleier vor der unteren Hälfte des Gesichts, was ihre Stimme ein klein wenig dämpfte.

Sie ergriff Poirots Hand und las ihm daraus rasch, er werde viel Geld bekommen, Erfolg bei einer dunklen Schönheit haben und auf wundersame Weise einem Unfall entrinnen.

»Was Sie mir da sagen, Madame Legge, ist sehr vielversprechend. Ich wünschte nur, es träfe auch ein.«

»Oh!«, sagte Peggy. »Dann erkennen Sie mich also?«

»Ich wurde informiert – Mrs Oliver erzählte mir, Sie sollten ursprünglich das ›Opfer‹ sein, dass sie Sie aber für das ›Okkulte‹ weggeschnappt habe.«

»Ach, wäre ich doch die ›Leiche‹«, sagte Peggy. »Viel friedlicher. Alles Jim Warboroughs Schuld. Ist es schon vier? Ich möchte meinen Tee. Ich habe von vier bis halb fünf Pause.«

»Noch zehn Minuten«, sagte Poirot, nachdem er seine

große altmodische Uhr befragt hatte. »Soll ich Ihnen eine Tasse bringen?«

»Nein, nein. Ich will die Pause – nur noch zehn Minuten.«

Poirot verließ das Zelt und wurde sogleich aufgefordert, das Gewicht eines Kuchens zu erraten.

An einem Stand, wo Ringe geworfen wurden, forderte ihn die dicke, mütterliche Frau sogleich auf, sein Glück zu versuchen, und sehr zu seinem Verdruss gewann er auch gleich eine große Kewpie-Puppe. Verlegen lief er damit herum, als er Michael Weyman begegnete, der trübsinnig am Rand eines Weges zum Anleger hinunter stand.

»Sie haben sich ja gut amüsiert, Monsieur Poirot«, sagte er und grinste süffisant.

Poirot betrachtete seinen Preis.

»Sie ist wahrhaft scheußlich, nicht?«, sagte er traurig.

Neben ihm brach plötzlich ein kleines Kind in Tränen aus.

Poirot bückte sich rasch und legte ihm die Puppe in die Arme.

»*Voilà*, die ist für dich.«

Die Tränen versiegten augenblicklich.

»Da – Violet – ist der Herr nicht nett? Sag Schön' Dank auch …«

»Kinderverkleidung«, rief Captain Warborough durch sein Megaphon. »Erste Abteilung – 3 bis 5. Stellt euch bitte auf.«

Er kam zu ihnen, wobei er sich nach rechts und links umschaute.

»Wo ist Lady Stubbs? Hat jemand Lady Stubbs gesehen? Sie soll doch die Jury sein.«

»Vor ungefähr einer Viertelstunde habe ich sie gesehen«, sagte Poirot.

»Als ich sie sah, ging sie gerade zur Wahrsagerin«, sagte Weyman. »Vielleicht ist sie ja noch dort.«

Er schritt zum Zelt, schlug die Plane zurück, schaute hinein und schüttelte den Kopf.

»Verfluchte Frau!«, sagte Warborough wütend. »Wohin kann sie denn nur verschwunden sein? Die Kinder warten. Vielleicht ist sie ja im Haus.«

Rasch lief er davon.

Poirot schaute ihm nach und wandte sich dann um, da er hinter sich eine Bewegung wahrnahm.

Auf dem Weg vom Anleger her kam ein junger Mann, ein sehr dunkler junger Mann, der in einer makellosen Jachtkluft steckte. Er blieb stehen wie von der Szenerie vor ihm verstört.

Dann sprach er zögernd Poirot an.

»Bitte entschuldigen Sie. Ist dies das Haus von Sir George Stubbs?«

»Allerdings. Sind Sie womöglich Lady Stubbs' Vetter?«

»Ich bin Paul Lopez.«

»Mein Name ist Hercule Poirot.«

Sie verbeugten sich voreinander. Poirot erklärte ihm

die Umstände des Festes. Als er geendet hatte, kam Sir George vom Wurfstand über den Rasen zu ihnen herüber.

»Paul Lopez? Freut mich sehr, Sie kennenzulernen. Hattie hat Ihren Brief heute Morgen bekommen. Wo ist Ihre Jacht?«

»Sie liegt in Dartmouth. Ich bin mit meiner Barkasse den Fluss herauf zum Anleger gefahren.«

»Wir müssen Hattie suchen. Sie ist irgendwo hier … Sie essen doch heute Abend mit uns, hoffe ich?«

»Sie sind äußerst freundlich.«

»Dürfen wir Sie denn beherbergen?«

»Auch das ist sehr freundlich, aber ich werde auf meiner Jacht schlafen. Das ist einfacher.«

»Bleiben Sie lange?«

»Vielleicht zwei, drei Tage. Kommt drauf an.« Paul Lopez zog seine eleganten Schultern hoch.

»Hattie wird sich bestimmt freuen. Wo ist sie nur? Gerade eben habe ich sie noch gesehen.«

Verwirrt blickte er sich um.

»Sie sollte doch die Kostüme der Kinder jurieren. Ich verstehe das nicht. Entschuldigen Sie mich bitte einen Augenblick. Ich frage mal Miss Brewis.«

Er eilte davon. Paul Lopez schaute ihm nach. Poirot schaute auf Paul Lopez.

»Es ist wohl schon ein Weilchen her, seit Sie Ihre Cousine gesehen haben?«, fragte er.

Der andere zuckte die Achseln.

»Ich habe sie zuletzt gesehen, als sie fünfzehn Jahre alt war. Bald danach wurde sie ins Ausland geschickt – in eine Klosterschule in Frankreich. Schon als Kind verhieß sie ein gutes Aussehen.«

Er blickte Poirot fragend an.

»Sie ist eine schöne Frau«, sagte Poirot.

»Und das ist ihr Mann? Er ist offenbar ein ›guter Kerl‹, wie man so sagt, aber vielleicht nicht sehr geschliffen? Es dürfte Hattie vielleicht auch ein wenig schwerfallen, einen passenden Mann zu finden.«

Poirot beschränkte sich auf eine höflich fragende Miene. Der andere lachte.

»Ach, das ist kein Geheimnis. Mit fünfzehn war Hattie geistig zurückgeblieben. Minderbemittelt, nennt man es nicht so? Ist sie noch dieselbe?«

»Es hat wohl den Anschein, ja«, sagte Poirot vorsichtig.

Lopez zuckte die Schultern.

»Na ja. Warum soll man das auch von einer Frau verlangen – dass sie intelligent ist? Das ist nicht notwendig.«

Sir George kam wieder, kochend vor Wut, bei ihm war Miss Brewis, die ziemlich atemlos sprach.

»Ich habe keine Ahnung, wo sie steckt, Sir George. Zuletzt habe ich sie beim Zelt der Wahrsagerin gesehen. Aber das ist schon mindestens zwanzig Minuten her. Im Haus ist sie nicht.«

»Wäre es denn nicht möglich«, fragte Poirot, »dass sie den Fortgang von Mrs Olivers Mörderjagd verfolgt?«

Sir Georges Stirn glättete sich.

»Das wird's sein. Schauen Sie, ich kann nicht von den Veranstaltungen hier weg. Ich habe die Aufsicht. Ob Sie sich vielleicht einmal umsehen könnten, Poirot? Sie kennen doch den Verlauf.«

Den aber kannte Poirot nicht. Immerhin wies ihm Miss Brewis auf Nachfrage eine grobe Richtung. Miss Brewis nahm sich Paul Lopez' an, worauf Poirot losging und vor sich hin murmelte: »Tennisplatz, Kameliengarten, das Folly, Oberer Zuchtgarten, Bootshaus …«

Als er den Wurfstand passierte, sah er erheitert, wie Sir George denselben zwei Frauen, die er noch am Morgen vertrieben hatte und die über seinen Sinneswandel eindeutig überrascht waren, mit einem strahlenden Willkommenslächeln zwei Holzkugeln hinhielt. Dass sie sich noch am Morgen hier unbefugt aufgehalten hatten und jetzt am Nachmittag durch die Entrichtung einer halben Krone rechtlichen Anspruch auf den vollen Genuss des Geländes von Greenshore House erworben hatten, überstieg ihr Fassungsvermögen. Sie widerstanden dem Ballwerfen und gingen weiter zum Grabbelfass.

Die Holländerin erkannte Poirot und grüßte ihn höflich. Beide Mädchen hatten ihren Rucksack auf dem Rücken und schwitzten stark.

»Meine Freundin fährt mit die Bus um fünf Uhr vom

Tor hier nach Torquay«, erklärte das holländische Mädchen, »und ich fahre um sechs Uhr mit die Fähre und nehme die Bus nach Dartmouth.«

»Sie haben ein anstrengendes Leben«, sagte Poirot.

»Es gibt viel zu sehen, und unsere Zeit ist kurz.«

Poirot verneigte sich höflich und ging weiter zum Tennisplatz. Dort zog er eine Niete. Er setzte seinen Weg zum Kameliengarten fort.

Dort traf er auf Mrs Oliver, in eine violette Robe gekleidet; sie saß grübelnd da und sah Gainsboroughs Mrs Siddons nicht unähnlich. Sie bedeutete ihm, sich zu ihr zu setzen.

»Das ist erst der zweite Hinweis«, zischte sie. »Ich glaube, ich habe es zu schwierig gemacht. Noch ist niemand gekommen.«

In dem Augenblick betrat ein junger Mann in Shorts und mit einem ausgeprägten Adamsapfel den Garten. Mit einem Ausruf der Befriedigung lief er zu einem Baum in der Ecke, und ein weiterer befriedigter Ausruf kündete von seiner Entdeckung des nächsten Hinweises. Als er an ihnen vorbeilief, fühlte er sich getrieben, ihnen seine Befriedigung mitzuteilen.

»Viele haben keine Ahnung von Korkeichen«, sagte er und hielt ihnen einen kleinen Korken hin. »Unterm Tennisnetz ist eine ganze Schachtel davon. Cleveres Foto, aber ich habe entdeckt, was es ist. Dieser Hinweis wird sie veranlassen, nach irgendeiner Flasche zu suchen. Sehr empfindlich, Korkeichen, nur in dem Teil der Welt hier winterhart. Ich interessiere mich für seltene Sträucher und Bäume. Aber wo geht's jetzt weiter?«

Stirnrunzelnd betrachtete er den Eintrag in dem Notizbuch, das er mit sich führte.

»Ich habe den nächsten Hinweis abgeschrieben, aber ich kann keinen Sinn darin erkennen.« Er beäugte sie misstrauisch. »Machen Sie auch mit?«

»Oh nein«, sagte Mrs Oliver. »Wir sind nur – Zuschauer.«

»Na dann ... *When lovely woman stoops to folly* ... Mir ist, als hätte ich das schon mal gehört.«

»Es ist ein bekanntes Zitat von Oliver Goldsmith über schöne Frauen, die dem Laster verfallen«, sagte Poirot.

»Ein Folly kann auch ein Gebäude sein«, sagte Mrs Oliver hilfsbereit. »Weiß, mit Säulen«, setzte sie noch hinzu.

»Das ist eine Idee! Tausend Dank. Es heißt, irgendwo hier soll auch Mrs Ariadne Oliver selbst sein. Ich hätte gern ein Autogramm von ihr. Sie haben sie wohl nicht gesehen?«

»Nein«, sagte Mrs Oliver entschieden.

»Ich würde sie gern kennenlernen. Schreibt gute Geschichten.« Er senkte die Stimme. »Aber es heißt auch, sie trinkt wie ein Fisch.«

Er eilte weiter, und Mrs Oliver sagte empört: »Also wirklich! Das ist äußerst unfair, wo ich doch nur Limonade mag!«

»Waren Sie nicht selbst gerade eben ausgesprochen unfair, indem Sie dem jungen Mann zu seinem nächsten Hinweis verholfen haben?«

»Angesichts dessen, dass er bisher als Einziger so weit gekommen ist, fand ich, er sollte ermuntert werden.«

»Aber ein Autogramm wollten Sie ihm nicht geben.«

»Das ist etwas anderes«, sagte Mrs Oliver. »Pst! Da kommen noch andere.«

Doch das waren keine Hinweisjäger. Es waren zwei Frauen, die, nachdem sie Eintritt bezahlt hatten, entschlossen waren, für das Geld das ganze Grundstück gründlich in Augenschein zu nehmen.

Sie waren erhitzt und unzufrieden.

»Man sollte meinen, dass sie wenigstens ein paar hübsche Blumenbeete haben«, sagte die eine zur anderen. »Nichts als Bäume und noch mehr Bäume. Für mich ist das kein Garten.«

Mrs Oliver stupste Poirot an, und leise stahlen sie sich weg.

»Angenommen«, sagte Mrs Oliver zerstreut, »niemand findet meine Leiche?«

»Nur Geduld, Madame, und Courage«, sagte Poirot. »Der Nachmittag ist ja noch jung.«

»Das stimmt«, sagte Mrs Oliver, und ihre Miene hellte sich auf. »Und nach halb fünf kostet es nur noch den halben Eintritt, es werden also wahrscheinlich noch viele hereinströmen. Schauen wir mal nach, wie sich diese Marlene macht. Ich traue dem Mädchen nämlich nicht. Keinerlei Verantwortungsgefühl. Ich würde es ihr zutrauen, dass sie sich still und heimlich davonschleicht, statt eine Leiche zu sein, und sich einen Tee genehmigt. Sie wissen ja, wie die Leute mit ihrem Tee sind.«

Sie schritten einträchtig nebeneinander den Waldweg entlang, und Poirot machte Bemerkungen zur Geographie des Grundstücks.

»Ich finde es sehr verwirrend«, sagte er. »So viele Wege, und nie ist man sich sicher, wohin sie führen. Und Bäume, überall Bäume.«

»Sie klingen schon ganz wie diese mürrischen Frauen, die wir gerade verlassen haben.«

Sie spazierten am Folly vorbei und folgten dem Zickzackweg zum Fluss hinab. Unter ihnen zeigten sich die Konturen des Bootshauses.

Poirot meinte, es wäre peinlich, wenn die Mordsucher durch puren Zufall auf das Bootshaus stießen und die Leiche fänden.

»Eine Art Abkürzung? Das habe ich auch bedacht. Deshalb ist der letzte Hinweis nur ein Schlüssel. Ohne ihn bleibt die Tür geschlossen. Es ist ein Yale-Schloss. Man kann sie nur von innen öffnen.«

Ein kurzer steiler Hang führte zur Tür des Bootshauses, das über dem Lagerraum für Boote gebaut war. Mrs Oliver zog aus einer Tasche, die zwischen den violetten Falten ihres Kleides versteckt war, einen Schlüssel und sperrte die Tür auf.

»Wir kommen nur, um dich aufzuheitern, Marlene«, sagte sie fröhlich beim Eintreten.

Sie empfand offenbar ein klein wenig Reue wegen ihrer ungerechtfertigten Verdächtigungen hinsichtlich Marlenes Loyalität, denn das Mädchen, kunstvoll als »die Leiche« arrangiert, spielte seine Rolle wacker, wie es so am Fenster hingestreckt lag.

Marlene zeigte keine Reaktion. Sie lag völlig reglos da. Der Wind, der sanft zum offenen Fenster hereinwehte, raschelte in einem Stapel Comics, die auf dem Tisch ausgebreitet waren.

»Ist ja gut«, sagte Mrs Oliver ungeduldig. »Es sind nur Monsieur Poirot und ich. Noch ist niemand mit den Hinweisen weitergekommen.«

Poirot runzelte die Stirn. Sehr sachte schob er Mrs Oliver beiseite, ging zu dem Mädchen am Boden und beugte sich über es. Ihm entfuhr ein gepresster Ausruf. Er blickte zu Mrs Oliver hoch.

»Nun …«, sagte er. »Was Sie erwartet haben, ist geschehen.«

»Sie meinen doch nicht …« Mrs Olivers Augen weiteten sich vor Entsetzen. Sie zog einen der Korbstühle heran und ließ sich hineinsinken. »Sie meinen doch wohl nicht – Sie ist doch nicht tot?«

Poirot nickte.

»Oh doch«, sagte er. »Sie ist tot. Allerdings noch nicht sehr lange.«

»Aber wie …?«

Er hob das Ende des bunten Tuchs an, das um den Kopf des Mädchens gebunden war, sodass Mrs Oliver die Enden der Wäscheleine sehen konnte.

»Genau wie mein Mord«, sagte Mrs Oliver entsetzt. »Aber wer? Und warum?«

»Das ist die Frage«, sagte Poirot.

Er enthielt sich des Hinweises, dass das auch ihre Fragen gewesen waren.

Und dass die Antworten darauf nicht die ihren sein konnten, da das Opfer nicht die jugoslawische erste Frau eines Atomphysikers war, sondern Marlene Tucker, ein vierzehn Jahre altes Dorfmädchen, das, soweit bekannt, keinen Feind auf der Welt hatte.

7

Ich ertrage es kaum, auch nur daran zu denken, Monsieur Poirot«, sagte Mrs Folliat.

Sie saß ungefähr drei Stunden später bei ihm in dem kleinen Wohnzimmer in Greenshore House.

Sir George war mit zwei Kriminalbeamten in der Bibliothek.

»Ein Mädchen, das bestimmt noch niemandem etwas getan hat«, sagte Mrs Folliat. »Warum nur – das verstehe ich nicht. Warum?«

Ihr Gesicht mit dem hübschen Lächeln schien um zehn Jahre gealtert. Ihre Finger knüllten immerzu ein kleines Spitzentuch.

Poirot war früher am Tag von ihrer Erscheinung und Autorität beeindruckt gewesen. Jetzt war er es von dem jähen Zusammenbruch dieser Haltung, von ihrem sehr realen, fast übertriebenen Kummer. Er fragte sich, was Mrs Folliat wusste und er nicht.

»Wie Sie mir ja gestern erst sagten, Madame, es ist eine sehr schlechte Welt.«

»Das habe ich gesagt? Es ist wahr – ich begreife erst allmählich, wie wahr es ist … Aber glauben Sie mir, Monsieur Poirot, ich hätte nicht im Traum gedacht, dass *das* passieren würde …«

Er betrachtete sie forschend.

»Lady Stubbs, heute Morgen hat sie …«

Sie unterbrach ihn vehement.

»Sprechen Sie mir nicht von ihr. Nicht von ihr, ich will nicht an sie denken.«

»Auch sie hat von Schlechtigkeit gesprochen.«

Mrs Folliat schien erschrocken.

»Was hat sie gesagt?«

»Sie sagte von ihrem Vetter Paul Lopez, er sei schlecht – er sei ein böser Mensch und dass sie sich vor ihm fürchte.«

»Paul Lopez? Sie meinen diesen ziemlich gutaussehenden dunklen jungen Mann, der heute Nachmittag hier war?«

»Ja.«

Mrs Folliat sagte ungeduldig:

»Beachten Sie das nicht. Hattie ist – wie ein Kind. Böse und gut – diese Begriffe gebraucht sie wie ein Kind. Wo sie nur sein kann? Was kann mit ihr geschehen sein? Ich hoffe – oh! Wie sehr ich hoffe, dass sie nie mehr wiederkommt!«

Poirot erschrak ob ihrer Vehemenz. Soweit er sehen konnte, ergaben die Ereignisse des Nachmittags keinerlei Sinn. Ab vier Uhr hatte niemand mehr Lady Stubbs gesehen. Seit ungefähr dieser Zeit waren Haus und Grundstück akribisch abgesucht worden. Die Polizei suchte nun im weiteren Umkreis. Bahnhöfen wurde Bescheid gegeben, den Streifenwagen, die den Bezirk bis in die Nachbarstädte abfuhren, Hotels und Gasthöfen in der Umgebung …

Mrs Folliat stellte mit tonloser Stimme die Frage, die bisher noch niemand in Worte gefasst hatte.

»Glauben sie«, sagte sie, »dass Hattie es war? Dass sie das Kind getötet hat? Und dann weggelaufen ist?«

»Man weiß nicht, was sie glauben.«

»Glauben Sie es?«

»Madame, in allen Dingen muss es ein Muster geben. Noch kann ich keines erkennen. Was glauben Sie? Sie kennen sie doch sehr gut …«

Da sie keine Antwort gab, setzte er hinzu:

»Sie mögen sie doch.«

»Ich mochte Hattie sehr – wirklich sehr.«

»Mir fällt auf, dass Sie in der Vergangenheit sprechen.«

»Das verstehen Sie nicht.«

»Glauben Sie vielleicht, dass Lady Stubbs tot ist?«

Mrs Folliat starrte vor sich hin. Dann sagte sie in einer Stimme, die kaum mehr als ein Flüstern war:

»Es wäre besser, sie wäre tot – so viel besser.«

»Ich glaube, ich verstehe Sie vielleicht. Sie war geistig minderbemittelt. Ihr Vetter erwähnte das heute Nachmittag beiläufig. Solche Menschen können für ihre Handlungen nicht immer verantwortlich gemacht werden. Ein plötzlicher Wutanfall …«

Doch Mrs Folliat fuhr ihn zornig an:

»Hattie war nie so. Sie war ein sanftes, warmherziges Mädchen. Sie hätte nie jemanden getötet.«

Poirot betrachtete sie einigermaßen perplex. In Gedanken flickte er gewisse Bruchstücke zusammen. Hatte das plötzliche Auftauchen von Lopez heute nicht etwas Theatralisches gehabt? Und Hatties Reaktion darauf – der berechnende Blick, die stark betonten Worte der Furcht und Abneigung. Er wollte gern noch ein wenig mehr über Paul Lopez erfahren. Welche Rolle spielte er in alldem? Falls Hattie Stubbs tot war – falls sie getötet worden war – und falls Marlene Tucker den Mord irgendwie mit angesehen hatte … Dann würde auch Marlene zum Schweigen gebracht worden sein …

Sir George trat ins Zimmer.

»Detective Inspector Bland möchte Sie gern in der Bibliothek sprechen, Monsieur Poirot«, sagte er.

Poirot stand auf und ging zur Bibliothek.

Constable Hoskins, der als Erster am Tatort gewesen war, saß an einem Tisch an der Wand. Später war Inspector Bland dazugekommen. Letzterer begrüßte Poirot mit seiner weichen Stimme und dem angenehmen Devon-Akzent und erwähnte dabei auch ihren gemeinsamen Freund, Superintendent Scott.

»Er ist ein alter Kumpel von mir, Monsieur Poirot, und er hat oft von Ihnen erzählt. Ich habe das Gefühl, Sie ganz gut zu kennen.«

Sie unterhielten sich kurz über den Superintendent, dann fuhr Bland fort:

»Ich hoffe, Sie können uns in dieser Sache ein wenig helfen, Monsieur Poirot. Wir tappen weitgehend im Dunkeln. Wenn ich es richtig verstehe, wohnen Sie hier im Haus? Gibt es dafür – verzeihen Sie die Frage – einen besonderen Grund?«

»Keinen, den Sie meinen könnten. Ich bin gar nicht hier, beruflich, sozusagen. Mrs Ariadne Oliver, die Kriminalautorin, hatte den Auftrag, für das heutige Fest eine Mörderjagd zu konzipieren, und da sie eine alte Freundin von mir ist, meinte sie, man solle mich bitten, den Preis für die beste Lösung zu überreichen.«

»Verstehe. Aber da Sie ja im Haus wohnen, hatten Sie doch Gelegenheit, die Leute zu beobachten.«

»Nur für sehr kurze Zeit«, betonte Poirot.

»Dennoch können Sie uns vielleicht manches sagen, was wir sehr gern wissen würden. Zunächst, wie war die Beziehung zwischen Sir George Stubbs und seiner Frau?«

»Hervorragend, würde ich sagen.«

»Keine Meinungsverschiedenheiten, kein Streit? Anzeichen nervöser Anspannung?«

»Das würde ich nicht sagen. Sir George wirkte seiner Frau treu ergeben und sie ihm auch.«

»Also kein Grund, dass sie ihn verlassen haben könnte?«

»Nicht den mindesten, würde ich sagen.«

»Sie halten es also für unwahrscheinlich?«, bohrte der Inspector weiter.

»Ich würde niemals sagen, dass etwas, was eine Frau tut, unwahrscheinlich ist«, sagte Poirot vorsichtig. »Frauen haben eigenartige Gründe für das, was sie tun, die von uns nicht nachempfunden werden können. Zugegeben, die Wahl des Zeitpunkts erscheint allerdings merkwürdig – mitten in einem Fest. Lady Stubbs trug Ascot-Kleidung und sehr hohe Absätze.«

»Es gab keine Anzeichen eines – anderen Mannes?«

Poirot zögerte einen Moment, bevor er antwortete.

»Es gibt hier einen jungen Mann, Michael Weyman, ein Architekt. Er fühlte sich zu ihr hingezogen – eindeutig, würde ich sagen. Und das wusste sie.«

»War sie von ihm angezogen?«

»Mag sein. Ich glaube es aber eher nicht.«

»Jedenfalls ist er noch da«, sagte Bland. »Und sorgt sich zu Tode, was mit ihr geschehen sein könnte – es sei denn, er ist ein besserer Schauspieler, als ich glaube. Was das betrifft, sind sie alle besorgt – was nicht verwunderlich ist. Rundheraus gefragt – war sie gefährlich, Monsieur Poirot?«

»Das würde ich nicht sagen … Und Mrs Folliat, die sie gut kennt, bestreitet das entschieden.«

Constable Hoskins meldete sich unerwartet zu Wort.

»Ist bekannt hier in der Gegend, dass sie verquer im

Kopf ist ... Nicht ganz da, würd' ich mal sagen. Komische Lache hatte sie.«

Bland rieb sich sorgenvoll die Stirn.

»Diese geistig Zurückgebliebenen«, sagte er. »Die wirken in Ordnung – absolut harmlos –, aber schon eine Kleinigkeit, und sie können ausrasten. Angenommen, sie dachte, sie sieht in Marlene Tuckers Augen den Teufel – oh! Ich weiß, das klingt abenteuerlich, aber so einen Fall gab's vor nicht allzu langer Zeit schon mal in Nord-Devon. Eine Frau, die überzeugt war, dass es ihre Pflicht sei, das Böse zu vernichten! Lady Stubbs könnte das Mädchen aus einem ganz bekloppten Grund getötet haben. Als sie dann wieder zu sich kam, merkte sie, was sie getan hatte, ging zum Fluss und ertränkte sich.«

Poirot schwieg. Er war den Ausführungen des Inspectors kaum gefolgt. Er hörte wieder die Stimme, in der Mrs Folliat gestern gesagt hatte, es sei eine schlechte Welt und es gebe darauf sehr schlechte Menschen. Angenommen, Mrs Folliat hatte in Marlene Tucker das Böse gesehen – angenommen, Mrs Folliat hatte die göttliche Eingebung gehabt, einen Strick zu spannen und den Teufel in Marlene Tucker zu erwürgen ... Und Hattie Stubbs, die ihrem ungeliebten Vetter aus dem Weg gehen wollte, kam zum Bootshaus und entdeckte Mrs Folliat mit Marlenes Leiche. Sosehr Hattie Mrs Folliat auch mochte, bei jemandem mit Hatties geistiger Verfassung konnte man nie sicher sein, dass sie den Mund hielt. Und was dann? Hatte Mrs Folliat es geschafft, auch Hattie zum Schweigen zu bringen? Und wenn ja, wo war dann Hatties Leiche? Die schwächliche kleine Mrs Folliat hätte sie wohl kaum ohne fremde Hilfe beseitigen können.

Er landete wieder bei der ersten Frage:

Wo war Hattie Stubbs?

Inspector Bland sagte stirnrunzelnd:

»Mir scheint, dass die beiden Dinge zuammenhängen müssen – der Mord und das Verschwinden. Das können keine zwei Geschehnisse sein, die nichts miteinander zu tun haben – zumal es keinen Grund zu geben scheint, dass Lady Stubbs ganz plötzlich einfach so weggeht …«

»Die Dame ist vielleicht einfach nur fortgelaufen, wo sie ja doch bekloppt ist«, meinte der Constable.

»Es muss aber einen Anlass gegeben haben«, sagte Bland hartnäckig.

Er schaute Poirot fragend an.

»Haben Sie keine Vermutung, Monsieur Poirot?«

»Heute Morgen beim Frühstück war sie verblüfft und bestürzt, als sie einen Brief erhielt, der Mr Lopez' Eintreffen heute ankündigte.«

Bland zog die Augenbrauen hoch.

»Aber er hatte ihr geschrieben, bevor er die Karibik verließ – und gesagt, er werde nach England kommen.«

»Das hat er Ihnen gesagt?«

»Ja, das hat er gesagt.«

Poirot schüttelte den Kopf.

»Entweder er lügt – oder sein Brief wurde zurückgehalten. Lady Stubbs hat ihn nicht bekommen. Sie wie auch Sir George schienen heute Morgen vollkommen überrascht.«

»Und sie war bestürzt?«

»Sie war sehr bestürzt. Sie sagte mir, ihr Vetter sei ein böser Mann und tue böse Dinge und dass sie Angst vor ihm habe.«

»Sie hatte Angst vor ihm, wie?«

Bland grübelte darüber nach.

»Lopez ist absolut kooperativ gewesen«, sagte er. »Er ist so ein schmieriger Typ, wie ich die nenne – man weiß nicht, was er wirklich denkt, aber er war äußerst höflich. Wir gingen auf seine Jacht, und er bestand darauf, dass wir sie durchsuchten. Er versicherte uns, dass Lady Stubbs nicht auf die Jacht gekommen sei und dass er sie gar nicht gesehen habe.«

»Soweit ich weiß, ist das die Wahrheit«, sagte Poirot. »Als Lopez aufs Fest kam, war Lady Stubbs schon verschwunden.«

»Falls sie ihm nicht begegnen wollte, hätte sie mit Leichtigkeit auf ihr Zimmer gehen und Kopfschmerzen vorschützen können.«

»Mit Leichtigkeit.«

»Es war also mehr, als ihm einfach nicht begegnen zu wollen ... Um wegzulaufen, muss sie sich wirklich sehr vor ihm gefürchtet haben.«

»Ja.«

»Und das rückt Lopez in ein unheilvolleres Licht … Dennoch, wenn sie nur weggelaufen ist, schnappen wir sie auch bald. Ich verstehe bloß nicht, warum das noch nicht geschehen ist …«

Unausgesprochen hing zwischen ihnen die Implikation einer unheilvolleren Möglichkeit …

»Um auf das ermordete Mädchen zurückzukommen«, sagte Poirot. »Haben Sie ihre Familie befragt? Die können sich keinen Grund für das Verbrechen denken?«

»Nicht den mindesten.«

»Sie wurde nicht …« Poirot hielt feinfühlig inne.

»Nein, nein, nichts dergleichen.«

»Ich bin erleichtert.« Poirot erinnerte sich an Marlenes Bemerkungen über Triebtäter.

»Hatte nicht mal einen Freund«, sagte der Inspector. »Sagt jedenfalls ihre Familie. Stimmt wahrscheinlich auch – was sie da auf diese Comics gekritzelt hat, offenbart wohl Wunschdenken.«

Er zeigte auf den Stapel Comics, die Poirot zuletzt im Bootshaus gesehen hatte und die nun neben dem Inspector auf dem Tisch ruhten.

Poirot fragte: »Sie gestatten?«, worauf Bland nickte.

Poirot blätterte sie rasch durch. In einer krakeligen, kindlichen Handschrift hatte Marlene ihre Bemerkungen über das Leben hingeschrieben.

»Jackie Blake geht mit Susan Barnes.« »Peter kneift Mädchen im Kino.« »Georgie Porgie küsst Wanderer im Wald.« »Betty Fox mag Jungs …« »Albert geht mit Doreen.«

Er fand die Bemerkungen rührend in ihrer jugendlichen Einfachheit. Er legte den Stapel auf den Tisch zurück, wobei ihn jäh das Gefühl überfiel, dass etwas fehlte. Etwas – da war doch etwas, das …

Der flüchtige Eindruck schwand, als Bland weiterredete.

»Es gab keinen nennenswerten Kampf. Sieht aus, als hätte jemand ihr den Strick um den Hals legen können, ohne dass sie ahnte, es könne etwas anderes als ein Scherz sein.«

Poirot sagte:

»Das ist leicht zu erklären – wenn sie die Person kannte. In gewisser Weise hatte sie das ja auch erwartet. Sie sollte doch das Mordopfer sein. Sie hätte sich von jedem, der mit dem Fest in Bezug stand, für die Rolle ›drapieren‹ lassen.«

»Zum Beispiel von Lady Stubbs?«

»Ja.«

Poirot fuhr fort: »Oder von Mrs Oliver, von Mrs Legge, von Miss Brewis oder Mrs Masterton. Oder eben auch von Sir George, Captain Warborough, Alec Legge oder sogar Michael Weyman.«

»Ja«, sagte Bland, »ein weites Feld. Nur zwei Personen haben ein wasserdichtes Alibi, Sir George war den ganzen Nachmittag mit den Veranstaltungen beschäftigt, er hat den vorderen Rasen nicht verlassen, was auch für Captain

Warborough gilt. Miss Brewis hätte die Gelegenheit gehabt. Sie lief zwischen Haus und Garten hin und her, und sie könnte zehn Minuten weg gewesen sein, ohne dass es jemandem auffiel. Mrs Legge könnte das Wahrsagerinnenzelt verlassen haben, was aber unwahrscheinlich ist; dort gab es einen ziemlich stetigen Besucherstrom. Mrs Oliver, Michael Weyman und Alec Legge streiften auf dem ganzen Gelände herum – keinerlei Alibis. Vermutlich werden Sie jedoch darauf bestehen, dass wir Ihre Schriftstellerin von dem Verbrechen freisprechen.«

»Es darf keine Ausnahmen geben«, sagte Poirot. »Schließlich hat Mrs Oliver diese Mörderjagd arrangiert. Sie sorgte dafür, dass das Mädchen sich allein im Bootshaus aufhielt, weit weg von den Massen beim Haus.«

»Großer Gott, Monsieur Poirot, glauben Sie denn …«

»Nein, das glaube ich nicht. Ich versuche nur, an etwas heranzukommen, was noch immer im Nebel liegt … was mich bis jetzt vor ein Rätsel stellt. Noch etwas anderes, der Schlüssel. Als Mrs Oliver und ich die Leiche entdeckten, schloss sie die Tür mit einem Schlüssel auf. Es gab noch einen anderen Schlüssel, welcher der letzte ›Hinweis‹ sein sollte. Lag der an seinem Platz?«

Bland nickte.

»Ja. Er war in einem kleinen chinesischen Theater aus Keramik am Hortensienweg. Bis zu diesem Hinweis war noch niemand gekommen. Im Haus war noch ein dritter Schlüssel – Schublade in der vorderen Diele.«

»Wo jeder herankam! Und in jedem Fall hätte Marlene, wenn jemand, den sie kannte, an die Tür geklopft und sie gebeten hätte aufzumachen, es auch getan. Wenn, sagen wir, Mrs Masterton oder Mrs Folliat …«

»Mrs Masterton war bei dem Fest sehr präsent. Ebenso Mrs Folliat.«

»Mir ist aufgefallen, dass Mrs Folliat – wie soll ich sagen – die Gastgeberin spielte.«

»Ist ja auch von Rechts wegen ihr Haus«, entgegnete Constable Hoskins entschieden. »Auf Greenshore sind immer Folliats gewesen.«

Poirot starrte ihn an. Er bekam nicht mit, was Inspector Bland sagte, und hörte nur noch den Schluss seiner Ausführungen.

»… nicht den geringsten Grund, warum das Mädchen hätte getötet werden sollen. Wir werden genauer wissen, wo wir dran sind, wenn wir Lady Stubbs aufgetrieben haben.«

»Falls Sie es schaffen«, sagte Poirot.

Bland lachte zuversichtlich.

»Lebend oder tot – wir werden sie schon finden«, sagte er. »Verflixt, eine Frau kann sich doch nicht einfach in Luft auflösen.«

»Wer weiß«, sagte Poirot. »Wer weiß …«

8

Die Wochen vergingen, und es schien, als hätte sich Inspector Blands zuversichtliche Bemerkung als falsch erwiesen. Eine Frau konnte sich eben doch in Luft auflösen! Nirgends fand sich eine Spur von Lady Stubbs, lebend oder tot. In ihrem alpenveilchenroten, eng anliegenden Ascot-Kleid, ihren Stöckelschuhen und dem großen schwarzen Sonnenhut war sie aus der Menge auf dem Rasen hinterm Haus fortgeschlendert – und seitdem hatte kein Mensch sie mehr gesehen. Ihr verzweifelter Mann belagerte das Polizeikommissariat, der Polizeichef forderte Unterstützung von Scotland Yard an, doch Hattie Stubbs war nicht zu finden. In der öffentlichen Aufmerksamkeit, die dem Verschwinden von Lady Stubbs zuteilwurde, geriet der ungelöste Mord an Marlene Tucker in den Hintergrund. Gelegentlich fand sich ein Absatz in einem Artikel darüber, dass die Polizei jemanden befragen wollte oder schon befragt hatte, doch keines der Verhöre brachte ein Ergebnis.

Nach und nach verlor die Öffentlichkeit das Interesse am Mord an Marlene wie auch am Verschwinden Lady Stubbs'.

An einem Nachmittag im Oktober, zwei Monate nach dem Tag des Festes, rief Inspector Bland Hercule Poirot an. Er erklärte, er sei gerade in London, und fragte, ob er ihn kurz besuchen könne.

Poirot war damit überaus einverstanden.

Er legte den Hörer auf, zögerte und wählte dann Mrs Olivers Nummer.

»Aber stören Sie sie nicht, falls sie bei der Arbeit ist«, beeilte er sich hinzuzufügen, nachdem er seine Bitte, sie sprechen zu dürfen, formuliert hatte.

Er erinnerte sich, welch bittere Vorwürfe Mrs Oliver ihm einmal gemacht hatte, weil er einen kreativen Gedankengang unterbrochen hatte und dass die Welt daher eines faszinierenden Rätsels beraubt worden sei, das sich um ein altmodisches langärmliches Wollunterhemd drehte.

Allerdings meldete sich Mrs Olivers Stimme fast umgehend.

»Wie wunderbar, dass Sie mich anrufen«, sagte sie. »Ich war gerade im Begriff, bei ›Wie ich meine Bücher schreibe‹ einen Vortrag zu halten, und nun wird meine Sekretärin dort anrufen und sagen, ich sei verhindert.«

»Aber Madame, Sie dürfen nicht zulassen, dass ich …«

»Ich bin Ihnen sogar dankbar. Ich hätte mich bis auf die Knochen blamiert. Ich meine, was kann man schon darüber sagen, wie man seine Bücher schreibt? Ich meine, erst denkt man sich etwas aus, und wenn man es sich ausgedacht hat, muss man sich zwingen, sich hinzusetzen und es zu schreiben. Mehr ist das nicht! Es hätte mich ganze drei Minuten gekostet, das zu erklären, dann wäre der Vortrag vorbei gewesen – und jeder hätte gründlich die Nase vollgehabt. Ich begreife nicht, warum alle immer unbedingt wollen, dass Autoren übers Schreiben sprechen – man sollte doch meinen, Sache des Autors sei es, nicht zu reden, sondern zu schreiben.«

»Und dennoch möchte ich Sie jetzt fragen, wie Sie schreiben …«

»Sie können fragen, aber wahrscheinlich werde ich keine Antworten wissen. Einen Augenblick bitte – ich habe einen schrecklich albernen Hut auf, für den Vortrag, und den muss ich abnehmen. Er kratzt mich an der Stirn!«

Es entstand eine kleine Pause, dann war Mrs Olivers erleichterte Stimme zu vernehmen.

»Hüte sind heutzutage wirklich nur noch ein Symbol, nicht wahr? Ich meine, man trägt sie doch gar nicht mehr aus Vernunftgründen – um den Kopf warm zu halten, sich vor der Sonne zu schützen oder das Gesicht vor Leuten zu verbergen, denen man nicht begegnen will … Verzeihen Sie, Monsieur Poirot, haben Sie etwas gesagt?«

»Es war lediglich ein Ausruf. Es ist schon außerordentlich.« Poirots Stimme klang ehrfürchtig. »Immer – immer – geben Sie mir Ideen ein … Das tat auch mein Freund Hastings, den ich nun schon viele Jahre nicht mehr gesehen habe … Aber genug davon. Ich möchte Ihnen vielmehr eine Frage stellen. Kennen Sie einen Atomphysiker, Madame?«

»Ob ich einen Atomphysiker kenne?«, sagte Mrs Oliver überrascht. »Das weiß ich gar nicht. Vermutlich schon. Ich meine, ich kenne einige Professoren und so weiter – aber ich weiß nie so recht, was die überhaupt machen.«

»Und dennoch war einer der Verdächtigen bei Ihrer Mörderjagd Atomphysiker.«

»Ach, das. Das habe ich nur gemacht, um der heutigen Zeit gerecht zu werden. Ich meine, als ich letztes Jahr Weihnachten Geschenke für meine Neffen kaufen ging, gab es nichts als Science-Fiction und die Stratosphäre und Modellflugzeuge mit Überschallgeschwindigkeit! Und daher dachte ich: Besser, ich habe als Hauptverdächtigen einen Atomphysiker. Denn wenn ich ein wenig technischen Jargon gebraucht hätte, dann hätte ich den von Alec Legge kriegen können.«

»Alec Legge? Das ist doch der Mann von Peggy Legge – ist der Atomphysiker?«

»Ja. Er ist nicht gerade bei der Atomenergieforschung in Harwell, sondern irgendwo in Wales oder Bristol. Die haben ja bloß ein Ferienhäuschen am Dart. Dann kenne ich also tatsächlich einen Atomphysiker.«

»Und die Begegnung mit ihm in Greenshore hat Sie wahrscheinlich auf einen Atomphysiker gebracht. Aber seine Frau ist nicht Jugoslawin?«

»Oh nein! Peggy ist so englisch, englischer geht's gar nicht.«

»Wie sind Sie dann auf die Idee mit der jugoslawischen Ehefrau gekommen?«

»Das weiß ich wirklich nicht ... vielleicht Flüchtlinge ... oder diese ganzen ausländischen Mädchen in der Herberge nebenan – immer laufen sie unbefugt durch die Wälder und sprechen gebrochen Englisch.«

»Ich verstehe – ja, verstehe ... Jetzt erkenne ich einiges. Eine Sache noch – Sie sagten, auf einem der Comics, die Sie Marlene bereitgelegt haben, habe es einen schriftlichen Hinweis gegeben.«

»Ja.«

»Lautete dieser Hinweis so ähnlich wie« – er bemühte sein Gedächtnis –, »›Johnny geht mit Doreen – Georgie Porgie küsst einen Wanderer – Betty mag Tom‹?«

»Großer Gott, nein, nein – nichts derart Albernes. Mein Hinweis war absolut direkt. *Schauen Sie in den Rucksack des Wanderers!*«

»Épatant!«, rief Poirot. »Das musste natürlich unterdrückt werden! Eine Sache noch. Sie sagten, man habe Ihnen mehrere Änderungen an Ihrem Szenario vorgeschlagen, wovon Sie einige abgelehnt und einige angenommen haben. War es ursprünglich Ihre Idee, dass die Leiche im Bootshaus gefunden werden sollte? Überlegen Sie sorgfältig.«

»Nein«, erwiderte Mrs Oliver. »Ich wollte, dass die Leiche in dem kleinen altmodischen Sommerhaus ganz in der Nähe des Hauses, hinter den Rhododendren, liegt. Aber alle sagten, es wäre besser, wenn der letzte Hinweis weit weg und abgelegen sei, und da ich eben erst einen großen Aufstand wegen des Folly-Hinweises gemacht hatte und es mir keine Rolle zu spielen schien, habe ich eingelenkt.«

»Das Folly«, sagte Poirot leise. »Immer kommt man auf das Folly zurück. Der junge Michael Weyman stand dort, als ich ankam, und sagte, es hätte nie an der Stelle gebaut werden sollen, an der es steht … Sir Georges Folly …«

»Er hatte es da hinstellen lassen, weil die Eiche umgestürzt war. Das hat uns Michael Weyman erzählt.«

»Er hat uns auch erzählt, das Fundament sei schlecht – und ich glaube, Madame, dass Sie genau das in dem Haus gespürt haben … Aus dem Grund haben Sie mich gerufen … Schlecht war nicht, was Sie sehen konnten, sondern das, was unter der Oberfläche verborgen war, Sie haben es gefühlt – und Sie hatten recht.«

»Ich weiß gar nicht, wovon Sie reden, Monsieur Poirot.«

»Haben Sie schon einmal darüber nachgedacht, Madame, welche enorme Rolle das Hörensagen im Leben spielt? ›Mr A. hat gesagt‹, ›Mrs B. hat uns erzählt‹, ›Miss C. erklärte, warum …‹, und so weiter. Und wenn die bekannten Tatsachen zu dem passen, was man uns erzählt hat, dann stellen wir sie auch nicht infrage. Es gibt so vieles, was uns nicht betrifft, deshalb bemühen wir uns auch nicht, die wirklichen Fakten aufzudecken.«

»Monsieur Poirot«, sagte Mrs Oliver aufgeregt. »Sie klingen ganz so, als wüssten Sie etwas.«

»Ich glaube, dass ich es schon seit einiger Zeit weiß«, erwiderte Poirot träumerisch. »So viele kleine Fakten, die nichts miteinander zu tun haben – die aber alle in dieselbe Richtung weisen. Entschuldigen Sie, Madame, es klingelt an der Haustür. Inspector Bland kommt mich besuchen.«

Er legte den Hörer auf und ließ seinen Gast herein.

9

Zwei Monate sind es jetzt«, sagte Bland, während er sich auf seinem Stuhl zurücklehnte und vorsichtig an der Tasse chinesischen Tees nippte, den Poirot ihm serviert hatte.

»Zwei Monate – und keine Spur von ihr. In diesem Land ist es nicht so einfach zu verschwinden. Nicht, wenn wir uns gleich an die Fersen heften. Und wir waren auf der Spur. Es hat keinen Sinn zu sagen, dass sie auf der Jacht dieses Burschen fort ist. Das ist sie nicht. Wir haben das Boot sehr sorgfältig abgesucht, und sie war nicht darauf – lebend oder tot.«

»Was für eine Jacht war es denn?«, fragte Poirot.

Bland musterte ihn argwöhnisch.

»Sie war jedenfalls nicht zum Schmuggeln hergerichtet, falls Sie das meinen. Keine raffinierten verborgenen Trennwände oder geheime Kabuffs.«

»Das meinte ich nicht. Ich habe nur gefragt, was für eine Jacht es war – groß oder klein?«

»Ach, das war ein unglaubliches Ding – muss ein Heidengeld gekostet haben. Alles sehr schick und frisch gestrichen – und luxuriös ausgestattet.«

»Genau«, sagte Poirot erfreut.

»Worauf wollen Sie hinaus, Monsieur Poirot?«

»Paul Lopez ist ein reicher Mann. Das ist sehr bedeutsam.«

»Mag sein. Aber warum, verstehe ich nicht. Was, glauben Sie, ist Lady Stubbs widerfahren, Monsieur Poirot?«

»Ich habe nicht den geringsten Zweifel – Lady Stubbs ist tot.«

Bland nickte langsam.

»Ja, das glaube ich auch. Wir haben ihren Hut gefunden. Haben ihn aus dem Fluss gefischt. Er war aus Stroh und trieb deshalb oben. Und was die Leiche betrifft, so ist das Wasser an dem Nachmittag sehr stark abgelaufen. Sie wird aufs Meer hinausgetrieben worden sein. Irgendwann wird sie irgendwo angeschwemmt werden – auch wenn es nicht leicht sein dürfte, sie nach der langen Zeit zu identifizieren. Ja, da bin ich mir sicher. Sie ist in den Dart – aber war es Selbstmord oder Mord?«

»Auch hier kein Zweifel – es war Mord«, sagte Hercule Poirot.

»Wer hat sie ermordet?«

»Fällt Ihnen dazu nichts ein?«

»Mir fällt sehr wohl etwas ein, aber ich habe keine Beweise. Ich glaube, sie wurde von Paul Lopez ermordet. Wenn Sie sich erinnern, er kam allein nach Greenshore, in einer kleinen Barkasse. Ich glaube, er ging am Bootshaus an Land, und sie ist heimlich runter, um ihn zu begrüßen. Es erscheint mir unwahrscheinlich, dass er ihr den Schädel einschlagen oder sie erstechen und ihre Leiche ins Wasser stoßen konnte, ohne dass ihn jemand dabei sah – wenn Sie bedenken, wie viele Boote im Sommer auf dem Fluss sind –, aber die Wahrheit ist wohl, wenn Sie nicht erwarten, dass jemand ermordet wird, dann sehen Sie es auch nicht! Viele Albereien und Schreie, Leute schubsen einander vom Boot, und alles wirkt wie ein Ferienspaß! Die einzige Person, die es tatsächlich gesehen hat, war Marlene Tucker. Sie hat es vom Fenster des Bootshauses aus gesehen, und daher – musste auch sie getötet werden.«

Er hielt inne und schaute Poirot fragend an.

»Aber wir haben keinen Beweis«, sagte er. »Und Lopez ist nach Hause gefahren. Wir hatten nichts in der Hand, um ihn dazubehalten. Wir wissen nicht einmal, warum er Hattie Stubbs getötet hat. Ein finanzieller Vorteil scheidet aus. Sie hatte dort keinerlei Besitz und auch kein eigenes Geld – nur den Zahlungsausgleich, den Sir George ein halbes Jahr nach ihrer Heirat vorgenommen hatte. Wir haben alle seine Finanzen überprüft. Sir George ist ein sehr reicher Mann – seine Frau war praktisch mittellos.«

Er seufzte verzweifelt auf.

»Wo also ist das Motiv, Monsieur Poirot? Was hatte Lopez zu gewinnen?«

Poirot lehnte sich auf seinem Stuhl zurück, legte die

Fingerspitzen aneinander und redete mit leiser, monotoner Stimme.

»Ordnen wir doch gewisse Fakten in ihrer chronologischen Reihenfolge. Greenshore House steht zum Verkauf. Es wird von Sir George Stubbs erworben, der kurz davor ein Mädchen aus der Karibik geheiratet hat, eine Waise, die in Paris zur Schule ging und nach dem Tod ihrer Eltern in die Obhut von Mrs Folliat kam, der Witwe des früheren Besitzers von Greenshore House. Sir George wird wahrscheinlich unter dem Einfluss von Mrs Folliat veranlasst, das Haus zu kaufen, und er lässt sie im Pförtnerhaus wohnen. Einem alten Mann zufolge, der einmal in Diensten der Folliats gestanden hatte, wird es in Greenshore House immer Folliats geben.«

»Sie meinen den alten Merdle? Der in dem Häuschen am Anleger gewohnt hat?«

»Gewohnt hat? Ist er tot?«

»Hatte eines Abends wohl ein Gläschen zu viel, glaubt man, als er von gegenüber aus Dartsway kam: Als er ins Boot steigen wollte, hat er das Gleichgewicht verloren und ist ertrunken.«

Poirot bemerkte: »Ein Unfall? Also, ich …«

»Sie halten es nicht für einen Unfall? Wusste er denn vielleicht etwas über den Tod seiner Enkelin?«

»Seiner Enkelin?« Poirot saß nun kerzengerade da. Seine Augen leuchteten vor Erregung. »Marlene Tucker war seine Enkelin?«

»Ja. Das einzige Kind seiner Tochter.«

»Natürlich«, sagte Poirot. »Natürlich ... Darauf hätte ich selbst kommen müssen ...«

Bland rutschte unruhig auf seinem Stuhl herum.

»Schauen Sie, Monsieur Poirot, ich verstehe nicht ...«

Poirot hob gebieterisch die Hand.

»Lassen Sie mich fortfahren. Sir George bringt seine junge Frau nach Greenshore. Am Tag davor hat es einen furchtbaren Sturm gegeben. Überall umgestürzte Bäume. Einen oder zwei Monate danach errichtet Sir George das Gebäude, das Folly genannt wird – genau an der Stelle, wo eine große Eiche samt Wurzeln umgestürzt war. Dem Architekten zufolge war das ein sehr unpassender Ort für so ein Ding.«

»Ich würde sagen, George Stubbs hatte eben keine Ahnung.«

»Und dennoch hat mir jemand gesagt, er sei ein Mann von recht gutem Geschmack gewesen, überraschend gutem Geschmack ...«

»Monsieur Poirot, worauf wollen Sie hinaus?«

»Ich versuche, eine Geschichte zu rekonstruieren – die Geschichte, wie sie abgelaufen sein muss.«

»Aber schauen Sie mal, Monsieur Poirot – führt uns das nicht weit von dem Mord weg?«

»Es ist die Geschichte eines Mordes. Aber wir müssen am Anfang beginnen ...«

10

Hercule Poirot blieb einen Augenblick vor dem großen schmiedeeisernen Tor stehen. Er blickte auf die gewundene Einfahrt. Goldbraune Blätter flatterten von den Bäumen herab. Die Rasenböschung nahebei war mit kleinen malvenfarbenen Alpenveilchen bedeckt.

Poirot seufzte. Die Schönheit von Greenshore rührte ihn an. Dann wandte er sich zu der Tür des kleinen weiß getünchten Pförtnerhauses und klopfte sachte.

Wenige Augenblicke später hörte er drinnen Schritte, langsame, zögernde Schritte. Die Tür wurde von Mrs Folliat geöffnet. Diesmal war er nicht verblüfft darüber, wie alt und gebrechlich sie aussah.

Sie sagte: »Monsieur Poirot? Sie?«, und wich zurück.

»Darf ich eintreten?«

»Natürlich.«

Sie ging voraus, und er folgte ihr in ein kleines Wohnzimmer. Auf dem Kaminsims standen einige zarte Chelsea-Porzellanfiguren, zwei Stühle waren mit exquisiter Petit-Point-Stickerei bezogen, auf einem Tischchen stand ein Teeservice von Royal Crown Derby. Einige wenige ausgesuchte Dinge aus den Schätzen der Vergangenheit waren noch bei der alten Dame verblieben, die ihre ganze Familie überlebt hatte.

Sie bot Poirot Tee an, den er ablehnte. Dann fragte sie leise:

»Warum sind Sie gekommen?«

»Ich glaube, das können Sie sich denken, Madame.«

Sie antwortete ausweichend:

»Ich bin sehr müde.«

»Ich weiß. Es hat nun drei Tote gegeben, Hattie Stubbs, Marlene Tucker, der alte Merdle.«

Sie sagte heftig:

»Merdle? Das war ein Unfall. Er ist vom Anleger gefallen. Er war sehr alt, halb blind, und er hat im Pub getrunken.«

»Ich glaube nicht, dass es ein Unfall war. Merdle wusste zu viel.«

»Was wusste er denn?«

»Er erkannte ein Gesicht, eine Art zu gehen, eine Manier. Ich habe mit ihm gesprochen, als ich damals hier war. Er erzählte mir etwas über die Familie Folliat – über Ihren Schwiegervater, Ihren Mann und Ihre Söhne, die im Krieg umkamen. Nur dass sie nicht beide gefallen sind, nicht wahr? Ihr Sohn Henry ist mit seinem Schiff untergegangen, ihr zweiter Sohn dagegen, James, ist nicht gefallen. Er ist desertiert. Zunächst wurde er vielleicht als *Vermisst, vermutlich tot* gemeldet, und später haben Sie allen gesagt, er sei gefallen. Niemand hatte Anlass, diese Aussage zu bezweifeln. Warum auch?«

Poirot machte eine Pause und fuhr dann fort:

»Glauben Sie nicht, ich hätte kein Mitgefühl für Sie, Madame. Das Leben hat Ihnen übel mitgespielt, das weiß ich. Sie können sich keine Illusionen über Ihren jüngeren Sohn gemacht haben, aber er war noch immer Ihr Sohn, und Sie liebten ihn. Sie taten alles in Ihrer Macht Stehende, um ihm ein neues Leben zu ermöglichen. Sie hatten ein junges Mädchen in Ihrer Obhut, ein minderbemitteltes, aber sehr reiches Mädchen. Oh ja, sie war reich. Sie aber verbreiteten, sie sei arm, sie hätten ihr geraten, einen reichen Mann zu heiraten, der viele Jahre älter war als sie. Warum sollte jemand Ihre Geschichte bezweifeln? Wiederum hatte niemand Anlass dazu. Ihre Eltern und nahen Verwandten waren tot. Sie war in einer Klosterschule in Paris, und eine französische Anwaltskanzlei handelte, wie von Anwälten auf San Miguel angewiesen. Bei ihrer Heirat bekam sie die Verfügungsgewalt über ihr Vermögen. Sie war, wie Sie mir sagten, sanftmütig, liebevoll, beeinflussbar. Alles, was ihr Mann ihr zur Unterschrift vorlegte, unterschrieb sie. Wahrscheinlich wurden Wertpapiere mehrmals verändert und weiterverkauft, doch am Ende stand das erwünschte finanzielle Ergebnis. Sir George Stubbs, die neue Identität, die Ihr Sohn angenommen hatte, war nun ein reicher Mann und seine Frau verarmt. Es ist kein Vergehen, sich ›Sir‹ zu nennen. Ein Titel schafft Vertrauen – er suggeriert, wenn nicht Geburt, so doch Vermögen. Und der reiche Sir George

Stubbs, älter und mit verändertem Aussehen – er hatte sich auch einen Bart wachsen lassen –, kaufte Greenshore House und wohnte nun da, wo er hingehörte. Nach den Verheerungen des Krieges gab es niemanden mehr, der ihn erkannt haben könnte, außer dem alten Merdle. Er behielt sein Wissen für sich, und als er zu mir sagte, es würden immer Folliats auf Greenshore House sein, hielt ich es für einen Scherz.

Nun wurde also alles gut, dachten Sie jedenfalls. Ihr Plan endete hier, glaube ich. Sie hatten Ihren Sohn mit Reichtum versehen, mit dem Anwesen seiner Vorfahren und einer schönen und sanftmütigen Frau, auch wenn sie zurückgeblieben war, und Sie hofften, er werde nett zu ihr sein und sie werde glücklich werden.«

Mrs Folliat sagte leise:

»So hatte ich es mir gedacht – ich wollte mich um Hattie kümmern und für sie sorgen. Ich hätte mir nie träumen lassen …«

»Sie hätten sich nicht träumen lassen – und Ihr Sohn achtete sehr darauf, dass Sie es nicht erfuhren –, dass er zum Zeitpunkt der Heirat schon verheiratet war.

Oh ja, wir haben die Akten nach etwas durchsucht, was, wie wir wussten, existieren musste. Ihr Sohn hatte in Triest ein Mädchen geheiratet, halb Italienerin, halb Jugoslawin, und sie dachte nicht daran, sich von ihm zu trennen, ebenso wenig wie er sich von ihr. Er akzeptierte die Ehe mit Hattie als einen Weg zum Reichtum, dabei wusste er aber von Anfang an genau, was er zu tun hatte.«

»Nein, nein, das glaube ich nicht! Ich kann es nicht glauben ... Es war diese Frau – dieses schlechte Ding.«

Poirot fuhr unerbittlich fort:

»Er dachte an Mord. Hattie hatte keine Verwandten und kaum Freunde. Gleich bei ihrer Rückkehr nach England brachte er sie hierher. Und da musste Hattie Stubbs dann sterben. Am Tag des Festes war die echte Lady Stubbs schon anderthalb Jahre tot – er tötete sie gleich am Abend ihrer Ankunft. Die Bediensteten sahen sie an jenem ersten Abend kaum, und die Frau, die sie am nächsten Morgen sahen, war nicht Hattie, sondern seine italienische Frau, als Hattie aufgemacht und mit einem Verhalten, das Hattie grob ähnelte. Auch da hätte es ein Ende haben können. Die falsche Hattie hätte ihr Leben erfolgreich als Lady Stubbs leben und ihre geistigen Fähigkeiten dank einer ›neuen Behandlung‹, wie das diffus genannt werden sollte, verbessern können. Die Sekretärin Miss Brewis hatte schon erkannt, dass mit Lady Stubbs' geistigen Vorgängen nur sehr wenig nicht stimmte und dass einiges an ihrem Schwachsinn vorgetäuscht war.

Doch dann geschah etwas vollkommen Unvorhergesehenes. Ein Vetter Hatties schrieb, er komme auf einer Jachtreise nach England, und obwohl dieser Vetter sie viele Jahre nicht gesehen hatte, hätte er sich wohl kaum von einer Betrügerin täuschen lassen.

Es mochte mehrere Möglichkeiten gegeben haben, mit dieser Situation umzugehen, allerdings wäre es ›Hattie‹, wenn Paul Lopez lange in England geblieben wäre, nahezu unmöglich gewesen, ihm aus dem Weg zu gehen. Weitere Komplikationen kamen hinzu. Der alte Merdle wurde geschwätzig und plauderte mit seiner Enkelin. Sie war wahrscheinlich die Einzige, die ihm zuhörte, und selbst sie hielt ihn für ›bekloppt‹ und achtete kaum darauf, wenn er behauptete, er habe vor längerer Zeit im Wald eine Leiche gesehen und dass Sir George Stubbs Mr James sei. Sie war selbst leicht zurückgeblieben, aber vielleicht auch hinreichend neugierig, ›Sir George‹ gegenüber verschiedene Dinge anzudeuten. Damit unterschrieb sie ihr eigenes Todesurteil. Mann und Frau heckten einen Plan aus, wonach Marlene getötet und ›Lady Stubbs‹ unter Umständen, die einen vagen Verdacht auf Paul Lopez lenkten, verschwinden sollte.

Dafür nahm ›Hattie‹ eine zweite Identität an, vielmehr kehrte zu ihrer wahren zurück. Mit Sir Georges Unterstützung war es leicht, beide Rollen zu spielen. Sie kam in der Rolle einer italienischen Studentin in die Jugendherberge, machte allein einen Spaziergang und – wurde Lady Stubbs. Nach dem Essen ging Lady Stubbs früh zu Bett, schlich sich hinaus und kehrte zur Herberge zurück, verbrachte die Nacht dort, stand früh auf, schlich sich hinaus und war am Frühstückstisch wieder Lady Stubbs! Bis zum Nachmittag war sie dann mit Kopfschmerzen auf ihrem Zimmer, doch dann inszenierte sie, erneut mit Sir Georges Hilfe, in Begleitung eines Mädchens, das ebenfalls in der Herberge wohnte, ein unbefugtes Betreten. Der Kostümwechsel war nicht schwierig – Shorts und ein Hemd unter einem der aufwendigen Kleider, die Lady Stubbs trug. Dicke weiße Schminke für Hattie, ein großer Kulihut, der ihr Gesicht verbarg; ein buntes Bauerntuch, eine große Brille und bronzerote Haare für die italienische Wanderin. Ich habe sie beide gesehen und hätte niemals vermutet, sie seien ein und dieselbe Person. ›Lady Stubbs‹ stahl sich dann während des Fests davon, ging zu dem abgelegenen Bootshaus und erwürgte die arglose Marlene. Sie warf ihren Hut in den Fluss und packte ihr Ascot-Kleid und die Stöckelschuhe in einen Rucksack, den sie zuvor nahe dem Bootshaus versteckt hatte. Dann kehrte sie als das italienische Mädchen auf das Fest zurück, wo sie sich wieder zu ihrer Zufallsbekanntschaft, der Holländerin, gesellte, ein paar Veranstaltungen mitmachte und, wie sie es zuvor ihrer Begleiterin angekündigt hatte, mit dem Bus abfuhr, eine unauffällige Gestalt. Täglich sind in der Jugendherberge vierzig bis fünfzig Gäste. Sie wecken weder Interesse noch Neugier. Dann reiste sie zurück nach London, um in aller Ruhe eine passende Zeit abzuwarten, um Sir George zu ›begegnen‹ und ihn schließlich zu heiraten, sobald er seine Frau offiziell für tot erklären lassen kann.«

Eine lange Pause entstand. Dann richtete sich Mrs Folliat in ihrem Stuhl auf. Ihre Stimme hatte die Kälte von Eis.

»Was für eine abenteuerliche Geschichte, Monsieur Poirot«, sagte sie. »Ich kann Ihnen versichern, dass es nie mehr als eine Lady Stubbs gegeben hat. Die arme Hattie war immer – die arme Hattie.«

Poirot erhob sich, trat ans Fenster und öffnete es.

»Horchen Sie einmal, Madame. Was hören Sie?«

»Ich bin ein wenig taub. Was soll ich hören?«

»*Die Schläge einer Spitzhacke* … Man bricht gerade das Betonfundament des Folly auf. Welch ein guter Ort, um eine Leiche zu begraben – wo ein Baum entwurzelt wurde und die Erde schon aufgelockert ist. Damit es auch ganz sicher ist, kommt ein wenig später da, wo die Leiche liegt, Beton auf den Boden, und auf dem Beton wird dann das Folly errichtet …« Leise setzte er hinzu: »Sir Georges Folly …«

Ein langer, zitternder Seufzer entrang sich Mrs Folliat.

»So ein schönes Plätzchen«, sagte Poirot. »Nur eines ist böse: der Mann, der es besitzt …«

»Ich weiß.« Ihre Worte klangen heiser. »Ich habe es immer gewusst. Schon als Kind hat er mir Angst gemacht … Rücksichtslos … Mitleidlos … Und gewissenlos … Aber er war mein Sohn, und ich liebte ihn … Nach Hatties Tod hätte ich den Mund aufmachen müssen … Aber er war doch mein Sohn – wie konnte ich diejenige sein, die ihn aufgab? Und daher, weil ich schwieg, wurde dieses arme, törichte Kind getötet ... Und nach ihrem Tod der alte Merdle ... Wo hätte das noch geendet?«

»Bei einem Mörder endet es nie«, sagte Poirot.

Sie senkte den Kopf. Ein, zwei Sekunden verharrte sie so, die Hand über den Augen.

Dann richtete sich Mrs Folliat von Greenshore, die Tochter einer alten Soldatenfamilie, auf. Sie sah Poirot direkt in die Augen, und ihre Stimme war förmlich und kühl.

»Ich danke Ihnen, Monsieur Poirot, dass Sie gekommen sind, um mir das alles zu sagen. Wenn Sie jetzt gehen würden? Es gibt Dinge, denen man sich ganz allein stellen muss ...«

Nachwort
Agatha Christie und Greenshore Garden
von John Curran

Mitte der fünfziger Jahre hatte Agatha Christie ihre Produktion auf ein Buch jährlich reduziert, das alljährliche »Christie for Christmas«. Im Laufe dieses Jahrzehnts festigte sie ihren Ruf als Bühnenautorin mit acht neuen Kriminalstücken, die zwischen 1951 und 1960 im Londoner West End Premiere feierten. Es war ihre goldene Theaterzeit, was in gewissem Maß erklärt, dass im Buchhandel weniger neue Christie-Romane erschienen. In dieser Zeit wurde auch ein Poirot-Titel mit einer ganz bemerkenswerten Genese geschrieben ... und dann umgeschrieben.

Im November 1954 teilte ihr Agent, Edmund Cork von Hughes Massie, dem Finanzausschuss der Diözese Exeter schriftlich mit, seine Klientin wünsche im Altarraum der Kirche St Mary the Virgin in Churston Ferrers, deren Gottesdienst Agatha Christie regelmäßig besuchte, ein neues Buntglasfenster. In ihrer Autobiographie *Meine gute alte Zeit* erinnerte sie sich: »Eine besondere Freude bereitete mir, eine Erzählung zu schreiben ..., deren Erlös für ein neues Buntglasfenster in meiner Kirche verwendet wurde ... Es sollte ein fröhliches Fenster werden, das Kinder mit Freude betrachten konnten.« Ironischerweise, wie der Gang der Ereignisse belegen sollte, beschreibt sie die Erzählung folgendermaßen: »Lang-kurz, nennt man das, glaube ich: etwas zwischen einem Buch und einer Kurzgeschichte.« Die Rechte an dieser Erzählung sollten in einen Fonds fließen, der zu dem Zweck eingerichtet wurde, dieses vorgeschlagene Fenster einzusetzen, und es bereitete der Autorin Freude, den Künstler wie auch das Design auszuwählen. Der Diözesanausschuss war mit dem Arrangement ebenso glücklich wie die örtliche Kirche, und ein Brief vom 3. Dezember 1954 bestätigte »Mrs Mallowans [Agatha Christies] Absicht, die Zeitschriftenrechte einer langen Kurzgeschichte mit dem Titel *The Greenshore Folly* einem solchen Fonds zu überschreiben. Der betreffende Betrag sollte, so die Erwartung, bei rund 1000 Pfund liegen (ungefähr 20000 Pfund nach heutigem Wert).

Im März 1955 jedoch wurde der Diözesanausschuss unruhig. Peinlicherweise stellte es sich als unmöglich heraus – und das zum ersten Mal seit 35 Jahren –, die Erzählung zu verkaufen. Das Problem war ihr Umfang; es war eine Novelle, also weder Roman noch Kurzgeschichte, und das war für eine Zeitschrift eine schwierige Länge. Dieser Markt war für die Königin des Verbrechens ihre ganze Karriere hindurch zwar lukrativ, dennoch hatte sie häufig Schwierigkeiten mit seinen Anforderungen. Auch wenn die Redakteure sich zumeist freuten, den neuesten Christie-Titel angeboten zu bekommen, verlangten sie doch öfter, den Text zu kürzen, in der Regel, um Anzeigen unterzubringen.

Wie in meinem Buch *Agatha Christie's Secret Notebooks* beschrieben, erlitten, um nur drei Beispiele zu nennen, die Romane *Dumb Witness* (1937; *Der ballspielende Hund*), *The Moving Finger* (1943; *Die Schattenhand*) und *Taken at the Flood* (1948; *Der Todeswirbel*) dieses Schicksal. Und da eine solche Serialisierung normalerweise der Buchveröffentlichung voranging, ist es wahrscheinlich, dass die von den Redakteuren verlangten Kürzungen im ursprünglichen Abdruck in den Zeitschriften die textlichen Unterschiede zwischen der britischen und amerikanischen Ausgabe einiger Christie-Titel bis zum heutigen Tag erklären.

Mitte Juli 1955 wurde daher entschieden, vom Verkauf der Erzählung Abstand zu nehmen, da, um Cork zu zitieren, »Agatha findet, sie enthalte jede Menge gutes Material, das sie für ihren nächsten langen Roman verwenden kann«. Es kam zu dem Kompromiss, dass sie für die Kirche eine andere Erzählung schreiben würde, die aus rechtlichen Gründen ebenfalls »The Greenshore Folly« heißen sollte, aber, wie Cork erklärte, »womöglich unter einem anderen Titel veröffentlicht werden wird«. Und so wurde die ursprüngliche und abgelehnte Novelle *Greenshore Folly (Das Geheimnis von Greenshore Garden)* zu dem Roman *Dead Man's Folly (Wiedersehen mit Mrs Oliver)* erweitert, und die kürzere und ähnlich betitelte Erzählung »Greenshaw's Folly« (»Greenshaws Monstrum«) neu geschrieben, um die Schatullen der Kirchenbehörden zu füllen. Diese Ersatzerzählung, ein Miss-Marple-Fall, wurde in Großbritannien erstmals im Dezember 1956 in der *Daily Mail* veröffentlicht, in den USA im März 1957 in *Ellery Queen's Mystery Magazine* und 1960 schließlich in der Sammlung *The Adventure of the Christmas Pudding (Ein diplomatischer Zwischenfall).* Abgesehen von den ähnlichen Titeln besteht keinerlei Verbindung zwischen den beiden Geschichten, ein weiterer Beweis, sollte es denn eines bedürfen, für Christies fruchtbare Phantasie.

Vielleicht weil es ein persönliches Projekt war, das sie für »ihre« Kirche schrieb, wollte Agatha Christie unbedingt einen lokalen Bezug herstellen, und es scheint von Anfang an klar gewesen zu sein, dass die Erzählung in Greenway spielen sollte. Allerdings ist es wichtig, dabei in Erinnerung zu behalten, dass abgesehen von ihrer Familie und engen Freunden niemand, nicht einmal nach Veröffentlichung, es erkannte. Obwohl sie das Anwesen schon vorher in Büchern verarbeitet hatte, in *Five Little Pigs* (1943; *Das unvollendete Bildnis*), und sie die Fähre über den Dart am Fuß des Gartens einige Jahre danach im ersten Kapitel von *Ordeal by Innocence* (1958; *Feuerprobe der Unschuld*) benutzen sollte, hatte sie immer die Absicht gehabt, in *Greenshore Folly* ihr geliebtes Greenway detailliert zum Leben zu erwecken.

Mit Ausnahme des vollkommen fiktiven Folly selbst existiert jede im Roman wie auch in der Novelle erwähnte Lokalität tatsächlich. Das Hauptgebäude, ein »großes weißes georgianisches Haus mit Blick auf den Fluss«, heißt in der Novelle Greenshore House, später im Roman dann Nasse House, doch es ist sogleich als das Greenway House erkennbar, das Agatha Christie 1938 erworben hatte. Auch die kurze, von Mrs Folliat erzählte Geschichte des Anwesens ist eine genaue, wenngleich selektive Beschreibung des realen Landhauses. In beiden Versionen erscheinen auch das Pförtnerhaus –»ein kleines weißes, einstöckiges Gebäude lag ein wenig zurückgesetzt von der Zufahrt und war von einem kleinen eingezäunten Garten umgeben« –, das Ferry Cottage, der Wallgarten, »eine runde Freifläche mit einer niedrigen, zinnenbewehrten Brüstung«, der Tennisplatz sowie die Jugendherberge nebenan. Das so wichtige Bootshaus wird als »ein malerischer, reetgedeckter Bau« beschrieben (seitdem hat es ein neues Dach erhalten), ein Anblick, der seine Verwendung als Tatort eines Mordes Lügen straft. Auch die innere Geographie von Greenshore House gibt Greenway wieder: der Salon mit der Terrassentür, das Zimmer jenseits des Flurs, »mit Bücherregalen gesäumt« und mit einem »Tisch am Fenster«, und Poirots Zimmer – »den Gang entlang zu einem großen, luftigen Raum mit Blick auf den Fluss« –, ein Badezimmer gegenüber. Der Magnolienbaum nahe der Haustür, wo Mrs Folliat und Hattie miteinander sprechen, die Zufahrt, die an den großen Eisentoren endet, der gewundene, steile Weg, der den Wallgarten und das Bootshaus verbindet – das alles gibt es wirklich und kann von heutigen Besuchern des Greenway House besichtigt und genossen werden.

In *Agatha Christie's Secret Notebooks* (2009) habe ich mich den konzeptionellen Notizbüchern der Königin des Verbrechens gewidmet; sie datieren von 1915 bis 1973. In ihnen hat Agatha Christie ihre Ideen skizziert, die Figuren charakterisiert und die Handlungen ausgearbeitet. Wie sie in der »Einleitung« zu *Passenger to Frankfurt* (1970; *Passagier nach Frankfurt*) schreibt: »Wenn eine Idee besonders reizvoll erscheint ..., arbeitet [man] sie aus, mildert sie ab und gestaltet sie so nach und nach.« Dieses »Arbeiten« und »Abmildern« fanden auf den Seiten ihrer 73 Notizbücher statt.

Die Notizen zu *Dead Man's Folly (Wiedersehen mit Mrs Oliver)*, das schließlich im November 1956 erschien, aber als Fortsetzungsgeschichte in der Zeitschrift *John Bull* schon vier Monate davor abgedruckt worden war, sind in den Notizbüchern 45 und 47 enthalten. Doch wegen der verwickelten Entstehungsgeschichte des Buches lässt sich unmöglich feststellen, auf welche Version sich die Notizen beziehen. Wahrscheinlich ist, dass Notizbuch 47 zu der ursprünglichen Novellen-Version *Greenshore Folly (Das Geheimnis von Greenshore Garden)* gehört und Notizbuch 45 zur endgültigen Romanversion. In Notizbuch 47 finden sich eine Diskussion der wesentlichen Handlungselemente und die frühesten Gedankenspielereien dazu. Christie skizzierte auf fünfzehn Seiten den gesamten Plot von *Greenshore Folly*, und als es dann an die Ausformulierung ging, musste sie nur Details ausarbeiten, da sie den

Handlungsverlauf schon zwei Jahre zuvor festgelegt hatte. Auch wenn der (mögliche) Titel »The Folly« wie auch die ausführlicheren »Sanderson's Folly« und »Grandison's Folly« in Notizbuch 47 auftauchen, scheint ein Verweis auf »Greenshore« diese Vermutung zu bestätigen. Die meisten der nachfolgenden Notizen sind in die Handlung eingearbeitet, wenn auch die Ideen eines Bruders als Begleitung und Lady D.s Liebhaber, von dem die »Studentin« berichtet, verworfen wurden.

> *Heiratet Sir George Hattie Deloran – sie ist geistig zurückgeblieben – er kauft Landsitz »Greenshore« und kommt mit seiner Frau her – ~~in der Nacht~~ wurde ein Folly vorbereitet – sie wird vergraben. Am nächsten Tag wird das Folly gebaut*

> *Eine andere Lady Dennison [Stubbs] nimmt ihren Platz ein – Angestellte bemerken nichts – sie machen einen Spaziergang – anderes Mädchen kommt zurück (vom Bootshaus). Dann sind Sir George und Lady Dennison ein Jahr lang bekannte Gesichter, neun Monate? Drei Monate? Dann kommt die Zeit, dass Lady D verschwinden muss – sie ist immer wieder in London – spielt Doppelrolle, gibt sich dabei als Studentin aus (ein junger Mann in Wirklichkeit ihr Bruder? Bei ihr)*

Sie zieht sich um + kommt (aus Bootshaus? Folly? Zelt der Wahrsagerin?) als Studentin aus Herberge – geht dorthin zurück – hat Geschichte von Lady D. und Liebhaber zu erzählen? Architekt?

Weitere Notizen skizzieren die Anfangsszene – Poirots und Mrs Olivers Telefongespräch – und andere Ideen, die allesamt mit geringfügigen Änderungen – Gartenfest / Fest zur Erhaltung des Gebäudes, Opfer Pfadfinderin/ Pfadfinder – verwendet wurden:

Mrs Oliver holt Poirot – sie ist in Greenway – Auftrag – arrangiert eine Schnitzeljagd oder Mörderjagd für das Fest zur Erhaltung, das dort stattfinden soll.

»Leiche« soll Pfadfinder in Bootshaus sein – Schlüssel dazu soll durch »Hinweise« gefunden werden, oder echte Leiche ist da begraben, wo Baum entwurzelt wurde und wo Folly hin soll

Einige Ideen

Wanderer (Wanderin?) von Herberge nebenan – tatsächlich trägt Lady Bannerman [Stubbs] langen glänzenden Mantel + Perlen usw., darunter Shorts und Hemd

Wie häufig der Fall, wenn sie eine neue Erzählung entwarf, erfand Christie Motive und imaginierte Hintergründe, und diese Auflistung von »A. B. C. D.«-Varianten erscheint häufig in allen Notizbüchern. Aus der unten aufgeführten Übersicht wurde nur »A« vollständig verworfen; Elemente aus den drei anderen Möglichkeiten sind enthalten, allerdings kommt in beiden Versionen kein Peter Lestrade vor.

Wer will wen töten

A. Ehefrau will reichen P[eter] Lestrade töten. Hat Liebhaber – beide arm

B. Junge Ehefrau von jemandem erkannt, der weiß, dass sie schon verheiratet ist. Erpressung?

C. P Lestrade – hat erste Frau, die nicht tot ist – (in S.-Amerika?) – erkennt Schwester der Frau ihn, tschechisches Mädchen in Herberge?
P erwähnt Treffen mit einem Herbergsmädchen, das »unbefugt« aufs Grundstück kam – zorniger Dialog zwischen ihnen von jemandem gesehen (aber nicht gehört) – er beschließt, sie zu töten

D. Mrs Folliat – ein wenig bekloppt
oder junger Folliat in Herberge?

....

Mrs Folliat aus Familie, die es ursprünglich erbaut hat – gehört jetzt Sir George Stubbs mit schöner junger Frau – Chilenin? – italienische Mutter –

Kreolin? – Reiche Zuckerplantagenleute – Mädchen ist geistig zurückgeblieben. Gerücht streuen, dass Sir G sein Geld mit Armeeaufträgen gemacht hat … tatsächlich plant Sir G (arm), seine Frau zu töten und ihr Geld zu erben

Neben ihrer eigenen Handlung skizziert Christie auch:

Mrs Olivers Plan

Die Waffen	*Revolver*
	Messer
	Wäscheleine

…….
Fußabdruck (in Beton)
Katalog mit Rosen, Gladiolen oder Knollen?
Markiert?
Schuh
Schnappschuss

Wer?	*Opfer*
Warum?	*Motiv*
Wie?	*Waffe*
Wann?	*Zeit*
Wo?	*Ort*

Dieser Plan wurde einer Ausarbeitung und Verfeinerung unterzogen, und sogar die beiden veröffentlichten Versionen weisen leichte Unterschiede auf. Als Mrs Oliver ihren kreativen Prozess und dessen inhärente Probleme erklärt, ist die Stimme ihrer Schöpferin kaum zu überhören. Und man sollte auch bedenken, dass Agatha Christie sich eine solche Schnitzel-/Mörderjagd viele Jahre zuvor auf der Isle of Man ausgedacht hatte. Die daraus entstandene Erzählung »Manx Gold« (»Schatzsuche«) wie auch die faszinierende Geschichte hinter dieser einmaligen Unternehmung finden sich in der posthum erschienenen Sammlung *While the Light Lasts* (1997; *Solange es hell ist*).

Eine letzte interessante Notiz in der groben Skizzierung illustriert Christies inzwischen zwanghafte Ausleuchtung jeder nur möglichen Handlungsvariante, obwohl sie auf der vorhergehenden Seite im Notizbuch sich schon (mehr oder weniger) für die Abfolge ihrer Erzählung entschieden hatte:

> *Macht Maureen* [Marlene] *eine »Teepause« – tritt Wanderin an ihre Stelle? Dann wird Wanderin ermordet.*

Die vorliegende erste Veröffentlichung von *Greenshore Folly* gewährt dem Leser einen Einblick in den kreativen Prozess der meistverkauften Autorin der Welt. Anders als andere Erzählungen, die aus einer erweiterten Kurzgeschichte entstanden – »The Market Basing Mystery« (»Stille vor dem Sturm«) / »Murder in the Mews« (»Poirot riecht den Braten«), »Yellow Iris« (»Lasst Blumen sprechen«) / *Sparkling Cyanide* (*Blausäure*) –, bleibt die Handlung hier weitgehend unverändert, sodass es möglich ist, die Überarbeitung nachzuverfolgen. Diese Erweiterung von Novelle zu Roman fand auf den Seiten von Notizbuch 45 statt, dazu Notizen für sie selbst – *»eine sehr ausführliche Szene«, »Änderungen auf S. 12«, »detaillierte Befragung«, »ausgeklügelte Frühstücksgesellschaft«.* Der Verweis auf »S. 12« bezieht sich aller Wahrscheinlichkeit nach auf das Originaltyposkript, das sie durcharbeitete, wobei sie sich zu erweiternde Szenen und Passagen notierte und einen Zeitplan anhängte, der die entscheidenden Ereignisse klärte:

> *16.05 H[attie] sagt Miss B, sie soll Tee trinken*
> *16.10 H geht in Zelt – hinten raus in Hütte – als Mädchen verkleidet – geht zum Bootshaus –*
> *16.20 ruft Marlene – erwürgt sie, dann zurück + erscheint wieder als italienisches Mädchen …*
> *16.30 geht mit holländischem Mädchen + Rucksack weg? … Holländisches Mädchen fährt nach Dartmouth – italienisches Mädchen nach Plymouth*

Zum Schluss noch ein besonders bewegender Hinweis auf die Zeilen von Edmund Spenser, die Mrs Folliat am Ende von Kapitel 3 der Novelle und in Kapitel IV des Romans zitiert; es sind dieselben, die auf Dame Agathas Grabstein auf dem Friedhof von Cholsey stehen: *Schlaf nach Mühsal, Hafen nach stürmischem Meer, Frieden nach Krieg, Tod nach dem Leben, das erfreut sehr … (Sleep after toyle, port after stormie seas, ease after warre, death after life, doth greatly please …)*

Heute, beinahe vierzig Jahre nach ihrem Tod, können sich ihre zahllosen Fans an diesem zuvor unveröffentlichten Beispiel ihres Werks erfreuen.

Dr. John Curran
Dublin
Januar 2014

Zur Autorin

Agatha Christie begründete den modernen britischen Kriminalroman und avancierte im Laufe ihres Lebens zur bekanntesten Krimiautorin aller Zeiten. Ihren ersten Krimi veröffentlichte sie 1920, zweiundsiebzig weitere folgten. Darüber hinaus erschienen zahlreiche Kurzgeschichten, Theaterstücke, ein Gedichtband und – unter ihrem Pseudonym Mary Westmacott – sechs Romanzen. Ihre beliebten Krimihelden Hercule Poirot und Miss Marple sind – auch durch die Romanverfilmungen – einem Millionenpublikum bekannt. Psychologischer Feinsinn, skurriler Humor und Ironie verleihen ihren Krimis die besondere Note. Sie gilt als die meistgelesene Schriftstellerin überhaupt. 1971 wurde sie in den Adelsstand erhoben. Christie starb im Alter von 85 Jahren am 12. Januar 1976.

Agatha Christie
im Atlantik Verlag

Mord im Orientexpress
Ein Fall für Hercule Poirot

Nach einigen Mühen hat Hercule Poirot ein Abteil im Luxuszug Istanbul – Calais ergattert. Doch auch jetzt ist ihm keine Ruhe vergönnt: Ein amerikanischer Tycoon ist ermordet worden, der ganze Zug voller Verdächtiger. Eine Aufgabe, wie gemacht für den Meisterdetektiv.

Der Tod auf dem Nil
Ein Fall für Hercule Poirot

Hercule Poirot freut sich auf eine erholsame Kreuzfahrt auf dem Nil. Doch dazu kommt es nicht. Auch Linnet Ridgeway hat sich den Verlauf ihrer Flitterwochen wohl anders vorgestellt. Die junge, bildschöne Millionenerbin wird tot aufgefunden, und Poirots Ermittlungskünste sind gefragt. Fast jeder der Mitreisenden hat ein Motiv.

Die Morde des Herrn ABC
Ein Fall für Hercule Poirot

»A« wie Alice Asher aus Anford, »B« wie Betty Barnard aus Bexhill-on-the Sea, »C« wie Carmichael Clarke aus Churston. Ein Serienkiller treibt sein Unwesen – sehr akkurat in alphabetischer Reihenfolge. Poirot braucht nicht länger als bis zum Buchstaben »D«, um hinter das Motiv des Mörders zu kommen.

Alibi
Ein Fall für Hercule Poirot

Roger Ackroyds große Liebe Mrs Ferrars soll ihren ersten Ehemann ermordet haben. Nun ist sie selber tot. In der Zeitung findet Ackroyd einen letzten Hinweis auf die Umstände ihres Todes. Doch bevor er sein Wissen teilen kann, wird er ermordet. Und sein Stiefsohn ist spurlos verschwunden.

Die Tote in der Bibliothek
Ein Fall für Miss Marple

Es ist sieben Uhr morgens. In der Bibliothek der Bantrys liegt eine Leiche in einem Abendkleid. Wer ist sie? Wie kommt sie hierher? Fragen, auf die weder der Colonel noch seine Frau eine Antwort wissen. Vielleicht kann eine Freundin von Mrs. Bantry helfen. Jane Marple macht sich sofort auf die Jagd – mit viel Gespür und Verstand.

Mord im Pfarrhaus
Ein Fall für Miss Marple

Vor wenigen Stunden hat Pfarrer Clement noch gesagt, der Menschheit würde ein großer Dienst erwiesen, wenn jemand Kirchenvorsteher Colonel Protheroe ins Jenseits befördere – nun ist Protheroe tatsächlich tot und Pfarrer Clement unangenehm berührt. Zum Glück führt das seitliche Tor der Pfarrei direkt in den Garten von Miss Marple, die die Ermittlungen aufnimmt.

16 Uhr 50 ab Paddington
Ein Fall für Miss Marple

Aus ihrem Zugabteil beobachtet Elspeth McGillicuddy einen Mord in einem anderen Zug. Hilflos muss sie zuschauen, wie ein Mann eine Frau erwürgt. Die Frau geht zu Boden, der Zug fährt davon. Es gibt keine Verdächtigen, keine anderen Zeugen – und, zu guter Letzt, auch keine Leiche. Keiner glaubt Elspeth. Außer ihrer Freundin Miss Marple, die nicht ruht, bis sie den Täter dingfest gemacht hat.

Karibische Affäre
Ein Fall für Miss Marple

Jane Marple langweilt sich fürchterlich in der Karibik. Doch der Urlaub ist schneller vorbei, als sie denkt. Ein Hotelgast, Major Palgrave, wird ermordet. Noch am Vortag hat er Miss Marple ein mysteriöses Foto zeigen wollen. Nun ist er tot und das Foto unauffindbar. Dann geschieht noch ein Mord, und von Langweile kann nun wirklich keine Rede mehr sein.